CONTENTS

第1話 關於我被學妹點醒這件事

『求哥，你喜歡朱莉對吧？』

「噗……！」

這句話實在來得太過突然，讓我忍不住叫了出來。

「妳、妳怎麼會沒來由地這樣問……」

『也不能算是沒來由吧？我都親眼確認過你們兩個的關係了。』

櫻井實璃隔著電話用慵懶的語氣如此說道。

她是在國中時代跟我關係很好的田徑社學妹，也是宮前朱莉——我朋友宮前昴的妹妹最好的朋友，與我之間有著奇妙的緣分。

實璃總是一副有氣無力的樣子，個性自由奔放……但也意外地熱心，而且很重視朋友。

她故意趁小朱莉去參加模擬考，不在我家的時候突然打電話過來，也許我早就該有所防備。

『所以你到底喜不喜歡她？』

「嗚……其實我也不知道這樣算不算是喜歡……」

『對了，你跟朱莉開始同居已經快滿一個月了吧？』

我也知道自己的回答十分含糊，而實璃也毫不留情地輕輕帶過。

然後，她把話題轉到我和小朱莉的同居生活。

我和小朱莉是在這個夏天——八月初開始同居。

我們兩個之間當然沒有什麼特別的關係，以前甚至幾乎從來不曾說過話……

——謹遵哥哥吩咐，小女子來擔任抵押品了。今後還請學長多多指教！

……小朱莉突然來到我家一臉嚴肅地這麼說，讓我無法推辭，就這樣展開與她同居的生活。

雖然她說自己是哥哥負債的抵押品，但我借給昴的錢只有區區五百圓……即便如此主張，她也一直用歪理蒙混過去。

不過，即使這種同居生活的起因可說是亂七八糟，實際開始之後，感覺其實還不壞——不，我反倒過得非常愉快。

小朱莉是個賢慧的女孩，做家事的本領幾乎無可挑剔。她做的菜很好吃，洗好的衣服總是很鬆軟，地板上也完全找不到灰塵……讓我在家裡過得非常舒適，對她只有滿滿的感激與尊敬。

最重要的是，她是個很可愛的女孩——不對！不，她真的長得很可愛啦！

總之我不是那個意思……我是說她的個性。沒錯，她是個好女孩！

總是笑容滿面，不高興時也會立刻表現在臉上，相處起來永遠不會感到厭煩。

我發自內心想讓她開心，也想更了解她的一切。

而這種不可思議的緊張感，也使我的日常生活變得更多采多姿……

『喂～』

「唔！啊，呃……妳剛才說什麼？」

『不，我什麼都沒說，是你突然就不說話了。』

「呃……噢，抱歉。」

『我猜你應該在想朱莉的事對吧？』

「嗚……！」

『啊，看來猜中了。我想也是。畢竟你剛才都在自言自語，說著「小朱莉，我喜歡妳。愛死妳了」這種肉麻的話。』

「我絕對沒說過那種話！」

『你確實沒說過呢。』

實璃在電話另一頭的聲音聽起來很開心。她果然是故意在捉弄我吧……

雖然她比小朱莉還要不善於表達情感，但我跟她認識這麼多年，只要她的情緒稍有變化都感覺得出來。

「話說回來啊——」

『嗯？有人明顯想轉移話題喔？』

「說什麼明顯……我是因為小朱莉說今天是模擬考的日子，才想問看看妳怎麼沒去。妳也是考生吧？」

『嗯，姑且算是吧。』

她說話還是一樣有氣無力。

實璃好像真的完全不把模擬考放在心上。

『因為我可是推甄生。』

「我記得妳好像說過這件事啦……」

『所以我不需要準備考試，也不需要參加模擬考呢。』

「……可是，要是推甄沒上，妳不就澈底完蛋了嗎！」

『別說這種觸我霉頭的話啦。』

「啊……抱歉。」

「沒上」或「落榜」都是不能在考生面前說出來的話。

還以為實璃不會在意這種事，想不到她其實頗為纖細——

『算了，反正我也不在意這種事。』

「妳還真的不在意啊！」

『求哥，難不成你覺得我會推甄落榜嗎？』

「……不覺得。」

說到推甄入學，昴當時也是這樣。

他因為先一步逃離考試戰爭而變得很煩人，我應該再過十年也忘不掉吧。

只要想到連那傢伙都能過關……唉，實璃應該也不會有問題吧。

畢竟只要別說真心話，讓人發現她毫無幹勁，這傢伙其實意外地深諳處世之道。

小朱莉跟我說過，實璃好像曾經在某間店員需要提供微笑的速食店打工，只要她有心想做，想偽裝好自己應該不是什麼難事。

「不過，就算妳直接參加大學考試，應該也考得上吧……」

『嗯～這可難說。因為我這個人沒辦法努力太久。很快就會厭倦了。』

「也對，妳就是這種人。」

『是啊，朱莉也覺得我這樣很可惜。』

「與其得意洋洋地說這種話，妳還不如聽她的話，試著努力看看啊……」

『這兩件事又不能混為一談。』

嗯～這傢伙的個性就是如此自由奔放。

雖然感覺應該與個性比較認真的小朱莉合不來，但其實她們兩個在一起的時候很有默契，讓我相當驚訝。

不過，她們兩個身邊能有一個可以卸下心防的朋友，我也覺得非常開心——不對，我好像也沒資格說這種話。

『事情就是這樣。就算是我這樣的傢伙，也有一個願意對我有所期待的好朋友，那就是朱莉。』

「是、是啊。」

『而且她長得超級可愛，肌膚也光滑柔嫩，胸部的形狀也很漂亮——』

「妳、妳到底在說些什麼啊！」

『我在描述朱莉是個多麼有魅力的女孩，也是在告訴你喜歡上她並不是需要感到害羞的事。』

實璃的語氣變得認真起來。

看來我們說來說去，最後又回到原本的話題。不對，我說不定從一開始就被她玩弄於股掌之間……

『你說得很對，我們兩個今年都是考生。不過，我的目標是推甄入學，朱莉則是打算在大學考試裡取得好成績，拿到那種不需要償還的獎學金。』

我也覺得小朱莉應該做得到這件事。

當我還跟她讀同一間高中的時候，就曾聽說過這位成績優秀的學妹，而她現在好像也還維持著同樣的成績。

『我說啊，求哥，朱莉也不是超人——不對，她可能就跟超人差不多，但還是一個普通人，參加大學考試應該也會緊張，也會覺得自己必須在高三的夏天努力念書不是嗎？』

「是、是啊。」

『可是，她寧願犧牲整個暑假也要到你家裡，努力展現自己做家事的本領。你應該也不認為她做的這一切，全是為了幫自己哥哥還債吧？』

「這個嘛……」

『如果你真的這麼想，我現在就立刻坐新幹線過去揍你。』

「我沒這麼想！真的沒這麼想啦！」

『那就好。』

雖然我幾乎是被逼著說出這句話，但事情確實就跟她說的一樣吧。

在這段以還債為名義展開的同居生活中，小朱莉展現了非比尋常的熱情。她明明有很多時候都可以不用太過認真，卻完全沒有表現出想偷懶的樣子……

「實璃，我問妳。」

『嗯。』

「為何這麼關心我們兩個的事？妳這個人應該不會對這種……別人的戀情之類的感興趣，反倒是很懶得管這種事才對吧？」

『嗯……或許真的是這樣吧。』

實璃自嘲般嘆了口氣。

這口氣又長又重……可見她心中充滿感觸。

『不過，我也開始感到不耐煩了。不管是對朱莉還是對你。要是你們兩個一直止步不前……我也無法繼續前進。』

「妳也是嗎？」

『……不用管我，只需要處理好朱莉的事情就夠了。』

「嗚……妳說得對……」

『不過，我想你應該不需要擔心才對。沒錯，我不擔心。一點都不擔心。』

實璃像是催眠師一樣，不斷說著「我不擔心」這句話。

這句話意外地有效。每當她說出「我不擔心」這句話，我就感到心裡的壓力減輕了一些。

『我把朱莉當成自己最重要的朋友，也把你當成真正的哥哥一樣喜——』

「……喜？」

『……咳哼！至少我覺得你這個人還算不錯。』

「還算不錯……」

我不知道這樣的評價是好還是壞。

總覺得她這句話說得有些勉強……

『反正事情就是這樣，相信你一定不會讓我最好的朋友傷心。』

「嗚……」

『還有，其實你也沒必要把事情想得太複雜吧？』

實璃明明就是讓我現在陷入混亂的元凶，竟然還好意思說出這種話！

『很簡單，就只是你如何看待朱莉的問題。先別管她是不是你朋友的妹妹，也別管她是不是考生或學妹……如果拋開這些身分，白木求到底是怎麼看待宮前朱莉這個人？』

「妳要我別管她是不是朋友的妹妹……」

對目前這種同居生活來說，這在某種意義上可說是最大的禁忌。

更何況，如果小朱莉不是昴的妹妹，這種同居生活也絕對不可能成立。

不過，如果我可以無視這個前提——

『求哥，我覺得你可以跟我一樣，不用對自己這麼嚴格。』

「……可是，妳也沒有那麼隨便吧？」

『嗚……現、現在先不用管我啦！』

「明明就是妳先說的！」

雖然她是個自由奔放的傢伙，但也總是很認真地面對各種問題。

正因為實璃是這樣的人……讓我很清楚她是認真在為小朱莉著想。

『總之，你只需要拋開那些問題，說出自己對朱莉有什麼想法就夠了。』

「妳要我說出來……是要我告訴妳的意思嗎！」

『沒錯。因為只有實際說出口才能踏出第一步吧。放心，我不會告訴朱莉。』

「不是那種問題吧……」

『逃避可不能解決問題喔。』

實璃的語氣中帶有絕不容許我含糊其辭的嚴厲。

『你必須好好正視朱莉，還有與她同居的這一個月。』

正視……這個詞彙非常沉重，而且十分嚴肅——

「…………」

我聽從她的要求，再次正視自己對小朱莉懷有的情感——結果沒有花太多時間就得到答案。

「我喜歡小朱莉。」

還以為說出自己的心意會是更難為情的事情，想不到其實並非如此。

反而覺得心裡的大石頭好像被搬開了……不過這種感覺實在很難用話語形容。

『……是嗎？』

實璃輕輕呼了口氣，聽起來像是終於放心了。

『要是你到這種時候還想逃避，我也不知道自己會做出什麼事情。』

「這、這種玩笑也未免太可怕了吧！」

『如果對方是你，我可能真的會這麼做呢。』

實璃這次深深地嘆了口氣，聽起來有種百感交集的感覺。

我肯定從國中時代以來就一直給她添麻煩吧……雖然自己完全沒發現就是了。

『求哥……不對，哥。』

實璃重新改口這麼叫我，還不斷地輕輕咳嗽。

「……妳感冒了嗎？」

『別管我啦。總之我想說的是……你要向朱莉告白嗎？』

「啥！」

我確實說過自己喜歡小朱莉。

可是，前提是必須拋開各種問題。

包括小朱莉是昴的妹妹，還有她是考生與學妹這些問題……

『那……難道你要把這份感情一輩子埋藏在心裡嗎？』

「妳太誇張啦！可是……說不定我真的會這麼做呢。」

對小朱莉來說，我喜歡誰根本不重要。

我現在最大的願望，不是豁出一切向小朱莉告白，而是讓她覺得這是一個美好的暑假，並且帶著這種想法回家。

我覺得自己有這個義務，因為在這個夏天從她那邊得到太多東西了。

「小朱莉願意相信我，是因為我是她哥哥的朋友。可是，要是她知道我對她別有企圖……應該會覺得很討厭吧。」

『或許是這樣吧。』

「我就說吧。」

『可是朱莉應該也沒那麼笨，不會因為你是她哥哥的朋友，就無條件相信你，不是嗎？』

「這個嘛……」

『雖然我對別人的戀情不感興趣……但朱莉是我最好的朋友，你又是我的哥哥，所以可能有些多管閒事。不過……』

實璃難得一副欲言又止的樣子。即便隔著電話，我也感覺得出來。

她陷入短暫的沉默。我也沒有插嘴，靜靜等待她開口。

然後——

『……喜歡一個人的心情，可不會隨著時間輕易消失喲。』

實璃慢慢地說出這句話。

腦海中不知為何浮現她不曾讓我見過的悲傷表情。

就是那種沒有明顯扭曲臉孔，而是稍微低著頭，努力假裝若無其事的表情。

『我只能給你這樣的建議。畢竟想說的話幾乎都說完了。』

「這樣還沒全部說完啊……」

『是啊。如果我又想到要說的話，會打電話給你的。還有……假如你有話想說，也可以打電話過來。打字傳簡訊太麻煩了，我們還是直接講電話吧。』

「我知道了。」

『嗯。畢竟聽哥哥發牢騷，也是妹妹的職責呢。』

雖然表面上幾乎毫無變化，但我隱約覺得她好像在逞強……不過，既然她不想讓我發現，就算現在繼續追問，她也不會回答吧。

而且我覺得她會回一句：「你現在有那個閒工夫擔心別人嗎？」

所以沒有選擇說些關心她的話——

「實璃，謝謝妳。不好意思讓妳擔心了。」

而是坦率地向她道謝。

「雖然我還不曉得該怎麼處理……妳讓我意識到的情感，但我會好好珍惜剩下的時間。」

『……嗯，那就好。晚安。』

說完，實璃就掛斷電話了。

她給我一種像是要逃避的感覺，而這應該不是錯覺。

畢竟現在明明還是大白天，照理來說沒人會用「晚安」這兩個字來道別。

「……現在確實不是思考這種問題的時候呢……」

我自己也明白，應該先擔心自己的問題，而不是別人的問題。

我在意想不到的時間點，明確意識到自己的心意。

也無法繼續找藉口——把那種心動的感覺當成錯覺，或是當作面對小朱莉這種超級美少女會有的正常反應。

我喜歡上小朱莉了。

「唉……」

體認到這個事實後，我再次深深地嘆了口氣。

上次這麼明確地意識到自己喜歡上某人，不知道是多久以前的事情……不對，這可能是第一次吧。

雖然這當然不是我的初戀，但我從來不曾跟女孩子交往，所以對戀愛可說是毫無抵抗力。

「這樣我該怎麼面對小朱莉……我們還有一個星期都要住在一起……」

這不是實璃的錯。她讓我在小朱莉不在家時發現這件事，反倒幫了個大忙。
更何況，擅自喜歡上小朱莉，明明就是我的問題……
「該如何是好……」
小朱莉不在家，我也不需要去打工……已經很久不曾有過這種可以獨處的自由時間了。
而我竟然還在煩惱該做些什麼，總覺得自己的神經實在是很大條。

夏天馬上就要結束了。
這是我成為大學生，開始獨自生活後的第一個夏天。
也是我跟朋友的妹妹一起生活，人生中很可能只有一次的特別夏季。
直到剛才為止，這段日子即將結束的事實，還只讓我感到寂寞。
可是，既然察覺到自己的心意，就再也無法只感到寂寞了……心中還湧現近似焦慮的情感。
「不能讓小朱莉察覺到這份心意」與「我是否應該向她告白」……這兩種完全相反的焦慮，同時存在於我心中。
「到底該怎麼做才好？」

我只能不斷思考，一直為此煩惱……可是，我不但無法找到答案，甚至有種連一步都無法前進的感覺。

不管是這個夏天還是這段戀情，都充滿著不熟悉的事情。可是，既然我已經把小朱莉和實璃捲進這件事，就不能說這種喪氣話——

「……決定了。這種時候就要去跑步！出去跑個一圈，我的腦袋說不定也會變得更清楚！」

我這麼告訴自己，決定逼迫自己轉換心情。

立刻換上方便活動的服裝，就這樣衝出房間。

離小朱莉回到家裡，應該還有不少時間。

我要拚命奔跑，讓腦袋徹底放空，拋開所有煩惱！

——三個小時以後。

「啊……學長，歡迎回來。你不在家嚇了我一跳，原來你去跑步了嗎？」

「哈啊……哈啊……嗯……是啊……」

「哇！我看你好像累壞了呢！竟然累成這樣，到底跑了多久啊！我馬上去幫你準備換洗衣物與熱水！」

「啊，不用了……妳放心，我自己來就行了……」

「別說了！你先去喝杯水，休息一下啦！」

……因為我完全跑過頭，結果比小朱莉還要晚回到家裡，還讓她幫忙照顧我。實在太過丟臉，讓我顧不得戀愛方面的問題，結果也可說是達成了原本的目的……不對，這樣幫自己護航實在是有點太過牽強了……

「哇～！學長！你不能睡在這裡啦～！」

因為我真的很久不曾把身體逼到極限，總覺得小朱莉的聲音好像逐漸遠去，而我也無法回話，只能就這樣恍惚地低著頭。

第2話
關於我被初次體驗的情感百般折騰這件事

「學長，沒事了嗎？」

「嗯，謝謝妳。稍微休息一下就好多了。」

小朱莉一臉擔心地在旁邊照顧我，我回給她一個笑容。

雖然我還沒整理好心情……但要是因為這樣就讓小朱莉操不必要的心，就真的太差勁了。

「還吃得下晚餐嗎？」

「沒問題。反正我也不是身體不舒服，現在反倒是餓到不行。」

「太好了……那我立刻去準備晚餐！你只要等著開飯就行了！」

說完，小朱莉快步走向廚房。

「不好意思，明明才剛考完模擬考，還讓妳準備晚餐。」

「沒關係，畢竟這是我自己想做的事情！」

小朱莉完全沒有露出不情願的表情，就這樣把白飯、味噌湯與沙拉端了過來，然後——

「今天的主菜是這個♪」

「喔喔喔……！」

她端出一個大盤子，上面擺滿閃爍著金黃色光芒的食物。

「這是炸雞嗎……！」

「是的！」

今天的主菜竟然是炸雞！

如果用問卷調查人們喜歡的配菜，炸雞幾乎毫無疑問會名列前茅，可說是一種招牌美食。

可是，因為結愛姊曾經告訴過我，如果一個獨自生活的人想做油炸料理，通常都會遇到不少麻煩，例如該怎麼處理油的問題，而且做油炸料理的時候，其實很難調整食物的熟度，讓我擅自以為小朱莉應該也不會做這種料理。

「話說回來，妳竟然炸了這麼多……今天明明還有去參加模擬考，這樣不會很辛苦嗎？」

「不會喔。我早上就把雞肉放進醃料了，回來以後只要把雞肉拿去炸就行，一點都不辛苦。」

「這樣聽起來反倒是早上的準備工作比較辛苦……」

「真的不辛苦啦。」

小朱莉無視我的擔憂，並微微一笑。

「反正我也可以順便轉換心情，而且只要想像你說好吃的樣子，我的身體就會湧出活力！」

嗚……！

為何這女孩可以一臉理所當然地說出這種讓人開心的話？

難道是因為她與生俱來的好個性嗎？不管答案是什麼，這對現在的我來說都太過耀眼。

「要是炸雞涼掉就太可惜了。我們趕快開動吧！」

「呃……嗯，妳說得對！」

畢竟我也跟那些接受問卷調查的人一樣，最喜歡吃炸雞了。

而且小朱莉還是從早上就開始醃雞肉，讓我對這道菜充滿期待。

「「我要開動了！」」

我們同時雙手合十，然後分別把筷子伸向擺在大盤子上的炸雞。

仔細想想，像這樣一起在用餐前說「我要開動了」，早就變成我們兩個的習慣。我也快要忘記在小朱莉來我家之前，那種獨自吃著便利商店便當的生活了。

「啊，學長，你要加美乃滋嗎？」

「美乃滋……不用了，我想先吃吃看原味的。」

儘管不吃也知道配美乃滋一定很棒，我還是趕緊一口咬下剛炸好的熱騰騰炸雞。

「……！」

咬下去的瞬間便同時品嘗到酥脆的口感，以及滿溢的雞腿肉肉汁……！

因為是從早上就開始醃製，被雞腿肉完全吸收的醬油味非常濃厚——我覺得只用「好吃」來形容簡直愚不可及，但是這炸雞真的很好吃！

「呵呵……」

看到我的反應，小朱莉應該發現我現在非常感動了吧。

她露出得意的笑容。

「我對這次的炸雞非常有信心喔！」

「嗯……雖然妳親手做的料理都很好吃，每一樣都難分軒輊，但這次的炸雞確實特別好吃！」

「欸嘿嘿……就知道學長一定會這麼說！」

小朱莉開心地挺起胸膛。

「這原本就是我擅長的料理，而且還有配合你的喜好調整口味，這也是理所當然的結果！」

她過去為我做飯這麼多次，就算能完全掌握我的喜好，也不是什麼奇怪的事情。

……只希望她不要覺得我很幼稚。

「嗯～！雖然這樣說算是老王賣瓜，但我這次做的料理應該不會輸給外面的店家吧？」

「是啊。老實說，如果是這麼好吃的炸雞，我應該每天都會去妳家報到吧。」

「你說什麼！」

「……咦？」

小朱莉的臉蛋逐漸染上一層緋紅。

而且她還驚訝地睜大眼睛……咦，我剛才說了什麼奇怪的話嗎……？

「討、討厭啦！學長，你說這種話會害我誤會耶！」

「咦？啊，對不起……？」

我只是誠實說出自己的感想，但好像害她產生某種誤會了。

不過，反正她好像很開心的樣子，應該沒什麼關係吧。

「來吧學長，炸雞還有很多，請你儘量多吃一些！加點美乃滋也很好吃喔～！」
「等等！小朱莉，妳加太多美乃滋啦！」
小朱莉一時興奮，就在炸雞上加了許多美乃滋——但果然還是非常好吃。
美乃滋的酸味剛好突顯炸雞的甜味，要是配白飯一起吃，根本停不下來……！
「真是太好吃了……！」
因為跑步耗盡體力的身體，好像迅速恢復活力了……！
這讓我轉眼間就把這一大盤炸雞全部吃光。
還連續添了兩碗飯……就這樣感受著飽足感與幸福感，無力地癱坐在矮桌前面。
「謝謝妳的款待。呼，吃得真飽……」
「不客氣。呵呵，我還是頭一次看學長吃這麼多呢。」
「我也忘記自己上次吃得這麼飽是什麼時候的事了。竟然讓肚子撐到身體完全不想動，已經很久不曾這樣了。」
「來，學長，請用茶。剛才跑步消耗的體力也還沒完全恢復，請你好好休息。」
小朱莉把麥茶倒進杯子，然後就起身走向廚房。
「啊，我來幫忙洗碗吧。」
「你還是好好休息吧。」

「可是妳今天參加模擬考，應該也很累了……那要不要把餐具放到明天再洗？」

「不行，只要趁現在處理好用來炸雞的油，明天做菜的時候就能繼續使用了！」

說完，小朱莉拿出一個金屬壺。

「這個是我向結愛姊借來的油壺。只要把濾過的油倒進去冷卻，就可以重複使用。」

「哦，原來還有這種東西啊……」

「是啊。這樣以後就不會浪費油，我也可以做許多過去不常做的油炸料理了！」

小朱莉露出開心的微笑。

看到那笑容，便能明白她是發自心底喜歡做菜。

當我們一起去超市購物時，她總是會露出這種表情，忙著把食材放進購物籃裡，同時想著該做什麼料理——而我竟然可以獨占她親手做的料理，實在是太好命了。

「事情就是這樣！學長，我會盡快把廚房收拾好的！」

「嗯……小朱莉，謝謝妳。」

「不客氣。因為這是我自己喜歡做的事情！」

說完這句話之後，小朱莉就踩著小跳步進到廚房了。

我目送這樣的她離去。

（……我真是個笨蛋。）

在感覺到臉頰逐漸發燙的同時，忍不住如此自嘲。

因為小朱莉剛才說出口的「喜歡」這兩個字，讓我不小心做出反應。

我當然明白她是指做菜這件事。

可是，還是忍不住懷有一絲期待……希望其中夾雜些許對我的好感。

她的雙眼總是閃閃發光，看起來是那麼地純真卻又閃爍著熱情的光芒。

只要被那雙眼睛注視，就會讓我覺得自己好像變得有些與眾不同。

不過，自從我們相遇之後，她就一直給我這種感覺，所以這應該是她與生俱來的特質吧。

雖然知道自己喜歡上她了，但仔細想想就覺得她受歡迎也是很合理的事情。

「小朱莉……」

「學長，你叫我嗎？」

「嗚哇……！」

當我忍不住小聲喊出她名字的瞬間，小朱莉剛好從廚房回來。

原本還以為她洗碗應該會花上更多時間……！

「欸嘿嘿，其實我好像也不小心吃太多了。剛才只有把炸油處理好，想說明天再來處理其他東西。」
「原來如此。」
「啊，我可以打開電視嗎？」
如此說道的小朱莉拿起電視的遙控器，在我身旁坐下。
當我們閒聊的時候，通常都是隔著矮桌相對而坐。
可是，看電視的時候，當然會面對電視並肩而坐。
換句話說，小朱莉就坐在我旁邊——而且距離近到幾乎要碰到對方的肩膀。
雖然我之前也會在意，但仔細想想就會發現……我們真的離得很近呢。
不過只要回想一下這一個月所發生的事情，只因為這種事就臉紅心跳，好像有點奇怪……
「妳、妳有什麼想看的節目嗎？」
「這個嘛……其實我也不是很確定耶。」
小朱莉一邊切換頻道，一邊露出苦笑。
最後她在轉到一個行腳綜藝節目時才停手。
「唉……明明離九月還有一個星期，竟然現在就開始介紹九月的觀光景點了。」
「真的耶。電視台還真是性急。」

「可是，這也很正常吧。畢竟只剩一個星期了。」

小朱莉失望地垂下肩膀。

然而她很快就抬起頭來微微一笑。

「不過，我在這個暑假參加了校園參觀活動，還去過海邊，也泡過溫泉，總覺得已經徹底享受過夏天了！」

「啊哈哈，我也是。如果妳沒來我家，我可能什麼活動都不會參加，整個暑假都在打工吧。」

話雖如此，大學生的暑假還很長。

小朱莉的暑假只到八月底為止，大學生則可以一直放到九月底。

該怎麼度過剩下的假期呢……總覺得連小朱莉來到這裡之前，我到底過著什麼樣的生活都快要想不起來了。

「對了，小朱莉。」

「什麼事？」

「雖然我們去過海邊，妳還有沒有其他想去的地方？」

「其他想去的地方？」

「是啊。就是在夏天會去的地方。」

我只是隨便找個話題，其中沒有什麼特別的意義。

會這麼說，也是因為這段對話像是在總結這一個月的同居生活，心裡感到有些寂寞……

「這個嘛，因為我最想去的地方已經去過了，所以沒想過這個問題……」

小朱莉扶著自己的下巴，閉上眼睛陷入沉思。

她最想去的地方……應該是海邊？不對，考慮到她來這裡的目的，也可能是校園參觀活動吧？

總覺得有點好奇——

「……山上。」

「嗯？」

「我有點想去山上走走。不是經常有人討論海邊還是山上哪個好玩嗎？我已經去過海邊了，所以現在有點想去山上。」

「要去山上不就要爬山嗎？……妳確定要去？」

「嗚……！怎麼覺得你好像話中有話！」

這是因為……雖然也得視地點而定，但爬山是件相當耗費體力的事情。

而小朱莉在這方面好像有點……

「學長，你剛才是不是在想我的體力太差了？」

「嗚！這個嘛……？」

「請不要敷衍我喔！真是的！」

小朱莉瞇起眼睛瞪著我，讓我忍不住移開視線。

當然了，這也是因為她完全說中我心裡的想法，覺得很尷尬才會這麼做。

「學長，請聽好！我剛來到這裡的時候，確實跟不上你跑步的速度，讓你看到我最難堪的一面！」

「沒那麼嚴重吧……」

「那不是因為我體力不好，只是因為不太擅長跑步！我當時應該這樣找過藉──不對，是這樣跟你解釋過了！至於我的體力到底好不好這個問題，也只能說……」

小朱莉在嘴裡動著舌頭，卻沒有發出聲音，顯然是故意要含糊帶過對自己不利的地方。

「總之，因為我在這個夏天經常陪學長一起跑步，我敢說這個缺點已經改善許多了！」

小朱莉充滿自信地挺起胸膛，還從鼻子吐出一大口氣。

雖然不是每天，她確實經常陪我一起跑步。

可是，那種步調不能算是跑步，頂多只能算慢跑。

老實說，那種程度的運動量根本無法鍛鍊體力，頂多只能舒展一下剛睡醒的身體……不過，如果她原本就不常做運動，那種程度的運動量說不定也能鍛鍊到體力。

倘若小朱莉可以感受到跑步帶來的好處，陪她跑步的我也會覺得很開心。

「而且……我也想去露營看看。」

「露營？」

「就、就是網路上最近不是有很多露營的影片嗎！」

「確實如此……我偶爾也會點開來看。」

「學長，原來你也有興趣嗎！」

小朱莉雙眼閃閃發亮，探頭看了過來。

雖然她探頭的速度太快，距離又貼得很近，讓我忍不住往後閃躲，但我還是點了點頭。

「畢竟現在很流行……不過，我完全沒有相關知識與露營用品。」

「現在不是還能用租的嗎？而且大家剛開始都是初學者啊！」

「確、確實是這樣沒錯啦。」

總覺得她表現得非常積極。

原來她這麼喜歡露營嗎？

「那個……學長，我問你喔。」

「嗯？看妳這麼嚴肅的樣子，怎麼了嗎？」

「就是……你真的從來不曾去露營嗎？」

「咦？」

「啊……我是說……你有沒有跟家人一起去過？」

「跟家人一起去露營啊……」

儘管父母曾經帶我去過海邊，也曾經帶我參加過觀光旅行，可是好像還不曾帶我去露營。

然而，我倒是想起另一件事了。

「不太確定那算不算是露營，但我讀小學的時候曾經參加過夏令營。」

「啊……」

「雖然聽起來很像是露營，其實活動內容沒什麼露營的感覺。就只是搭乘巴士前往營地，在那裡吃便當玩遊戲，還有烤肉與煮咖哩，晚上就在帳篷裡睡覺而已。不過，因為這些事情幾乎都是大人幫忙完成，所以我都只有在玩。」

總覺得非常懷念。

當時我以為是大人的大哥哥與大姊姊，幾乎都是大學生。

換句話說，我現在已經跟當時崇拜的那些大人同年紀了……然而，對於自己是否有成為能讓人崇拜的大人這件事，我實在沒什麼信心。

「話說……我以前是不是跟妳說過這件事……？」

「啊，呃……是啊。」

小朱莉露出有些尷尬的苦笑。

糟了……！

好像曾經聽說過，重複提起同樣的話題，就是一個人上了年紀的證據。

記得小朱莉頭一次到我打工的咖啡廳「結」的那一天，在回家的路上告訴她我以前參加過夏令營的事情……天啊，不知道她現在是不是覺得很傻眼？

「學長，你有在那裡認識一個女孩對吧？」

「是啊，我應該有跟妳說過吧？」

「可是，你說忘記她的名字了。」

「嗚……」

小朱莉瞇起眼睛，用責備般的眼神看了過來。

女孩子可能會覺得忘記別人的名字是一種很差勁的事情。

不過，畢竟我真的忘了那女孩的名字，所以也無法否認就是了。

「呵呵，不過這樣也很有你的風格呢。」

「……妳這不是在稱讚我對吧？」

「這當然是稱讚啊！」

雖然搞不清楚狀況，但我好像被她稱讚了。

不過因為不知道理由，所以也開心不起來。

「總覺得聊起這個話題，讓我更想去露營了呢。不過今年應該沒機會了。畢竟我是個考生。」

「是啊……」

不管是要去露營還是爬山，應該都需要做許多的事前準備。

至少想要在小朱莉的暑假結束之前完成這些事……實在是不太可能。

「對了，妳今天考得怎麼樣？」

「啊……」

這次的模擬考，可說是這個暑假的重頭戲。

要是來到我家，結果害她成績退步……那我就太對不起她了。

「……我也不知道耶。」

「咦？」

「對了，我好像忘記把答案抄在考卷上了……等一下喔。」

說完，小朱莉把帶去參加模擬考的書包拿過來。

然後從裡面拿出考卷……失望地垂下肩膀。

「我就知道……！這樣就不能幫自己打分數了……」

「想不到妳會犯這樣的失誤呢。」

「我平常絕對不會這樣喔！」

小朱莉一臉難為情地如此否認。

我當然不是對此感到傻眼，反倒覺得她很可愛。

參加這種模擬考或正式考試的時候，答案卷基本上都會被考官收走。

因此，如果要幫自己打分數或是複習，就必須把答案抄在可以帶回家的考卷上。

這次是模擬考，所以日後還是會收到成績通知單，但是只知道分數其實沒有什麼意義。

不過，畢竟小朱莉本來就很優秀，應該不需要替她操心才對……

「不過請學長放心！這次是我目前最不緊張的一次模擬考。我想這八成是這段日子與你同居的功勞……」

「是、是這樣嗎？」

「是啊！所以不用擔心！我反倒有種比平常還好的預感喔！」

小朱莉完全把這個問題拋到腦後，充滿自信地挺起胸膛。

因為她的態度實在太過坦蕩，讓我覺得有些好笑——

「呵呵……」

「討厭啦！學長，你這樣笑是什麼意思！」

我忍不住笑了出來，讓小朱莉氣得鼓起臉頰抗議。

不過，她不是真的生氣。我們早就習慣這樣拌嘴打鬧了。

「總而言之，學長，雖然沒辦法幫自己打分數，但我很有信心，知道自己絕對考得不錯！所以……」

「……所以什麼？」

「所以我想要獎勵！」

「獎勵……？」

她提出意想不到的要求，讓我忍不住複誦這兩個字，同時疑惑地歪著頭。

「妳是說……妳有什麼想要的東西嗎？」

「沒錯！」

小朱莉大大地點了好幾下頭。

她的眼神充滿期待，我實在很難拒絕。

不過也不知道自己能給她什麼……只希望不要是太貴的東西就好。

「學長！」

「請、請說！」

「那我要說了喔……」

小朱莉一副忸忸怩怩的樣子，用央求的眼神看了過來——

「想請你摸摸我的頭……」

她努力從嘴裡擠出這句話，聲音小到不夠專心就聽不到的地步。

這個要求實在太過可愛，讓我再次愣住。

「因為我真的很努力，才會想要你的稱讚！而且你最近都沒有摸我的頭……」

「呃……那是因為……」

記得小朱莉剛來到這裡的時候，我確實做過那種事，可是……！

「我好幾次給你暗示，可是你每次都不理我！」

「原來妳有暗示過我嗎！」

「當然有。每天！而且不只一次！所以……」

小朱莉就這樣坐在我旁邊，往我這邊靠了過來。

「你今天一定要摸摸我！」

然後，她整個人靠著我的肩膀，硬是把腦袋對著我。

從她後腦杓發出的壓迫感……讓我感受到絕不放過我的強烈意志。

「呃……雖然我很樂意摸妳的頭，可是……」

「那你就快點摸吧！我已經等太久了！如果我是河童，頭頂上的盤子早就快要乾掉了！」

「這個比喻也未免太獨特了吧！」

這樣比喻反倒讓人難以理解，但我能感受到她有多麼渴望這個獎勵。

沒錯，努力之後想要被人稱讚，也是理所當然的事情。

雖然不曉得自己能幫上多少忙，可是……

「乖、乖女孩，妳真的很努力呢……」

（糟糕，我說出這種話是不是把她當孩子了！）

不過，我現在可是在撫摸自己心上人的頭，心裡實在很難保持平靜，無論如何都會覺得不太自在，這也怪不得我吧……！

「欸嘿嘿……」

（啊……她看起來好像很開心的樣子！）

小朱莉露出傻笑，整個人靠在我身上。

那是發自心底感到放鬆，完全失去戒心的表情。

雖然很高興她願意信任我……但她這樣毫無防備，又讓我覺得她完全不把我當成男人，不由得悲從中來。

（不對……我到底在期待什麼啊？）

她不把我當成男人看待，也是理所當然的事。

畢竟我對小朱莉來說就跟昴……沒錯，就跟她哥哥一樣。

實璃曾經說過，小朱莉不可能只因為我是昴的朋友，就無條件相信我這個人。

我覺得自己確實在這個暑假，與小朱莉建立起了一定程度的信賴關係，而且是以宮前朱莉與白木求這樣的身分。

可是……這種信賴果然還是建立在「哥哥的朋友」這層關係上。正是因為有這樣的基礎，所以我們之間的信賴關係肯定也只是其延伸——

「感覺如何？呃……舒服嗎？」

「嗯！超級舒服……！」

小朱莉露出彷彿快融化的放鬆表情，讓我感受到不同於上次摸她時的震撼。

甚至想就這樣把她擁入懷裡——不！我不能這麼做！

（這就是戀愛嗎……！太辛苦了……！）

我就這樣被初次自覺在心中萌芽的戀情百般折騰，很快就發現自己可能不適合談戀愛。

◆◆◆

「咦？妳覺得求有點不對勁？」

「嗯～其實沒那麼嚴重啦。」

我今天也按照平常的習慣來到咖啡廳「結」，還順便找結愛姊商量這個問題。

順帶一提，學長不在店裡。

他剛才出去外送餐點給熟客了……儘管覺得有點寂寞，但如果不是這樣，我也沒辦法找結愛姊商量學長的事情。

我利用這個機會提起的話題，就是學長最近有些奇怪這件事。

他給我一種有些見外的感覺。雖然真的只有一點點。

「他應該是覺得很寂寞吧。妳不是馬上就要回老家了嗎？」

「是這樣沒錯啦……」

結愛姊說得沒錯，我很快就必須搬出學長的家。

這段起因於哥哥負債的夢幻時光也要結束了。

如果情況允許，我想一直陪伴在他身邊！不想讓這種生活劃下句點！

可是，學校九月就要開學了，就算我想蹺課留在這裡，學長也不會允許吧。

也不能對他造成那麼大的負擔……嗚嗚，如果我也是大學生就好了。

聽說大學生的暑假會一直放到九月。

真是太讓人羨慕了！

「小朱莉？」

「哇！啊，對、對不起！我只是在想一些事情……」

「呵呵，別放在心上。大姊姊全都明白♪」

「咦！……我該不會不小心說出來了吧？」

「妳是沒有說出來啦，但是都寫在臉上了喔。小朱莉，其實不想回去對吧？妳還真是喜歡求呢。」

結愛姊露出不懷好意的笑容，我因為害羞而臉頰發燙。

「我、我的事情不重要！現在只關心學長的問題……」

「我倒是覺得他跟平常沒什麼兩樣。」

「這樣啊……」

「不過，他在妳面前就不是這樣對吧？這不就表示……他也很在意妳嗎！」

「咦咦！沒那種事啦！妳誤會了！！」

「想、想不到妳竟然會這樣激動否認……！」

其實我也希望事情就是她說的這樣。

……不對，我希望事情就是這樣。而且非常希望！

如果學長喜歡上我……我一定會非常開心！

可是……這只是我一廂情願的夢想。

我喜歡學長，與他同居的這段日子過得非常幸福開心……才會害我差點誤會，但其實我根本還沒說出自己的心意。

學長，我喜歡你。想成為你的女朋友。

就算我不用說出這些話，他也可能喜歡上我。就是這種樂觀的想法，讓我明明有著跟學長讀同一間高中的大好機會，卻沒做出任何行動。

不過！要是我突然向他告白，結果遭到拒絕……我一定會難過到活不下去！

「我到底該怎麼做才好～！」

「哇，看來妳真的很煩惱，讓我想起自己年輕的時候呢。」

「咦？原來結愛姊也曾經為了戀愛的事情煩惱嗎！」

「其實我比較希望妳先吐槽我還很年輕……」

說到結愛姊給人的感覺，就是那種絕對是戀愛高手的成熟女性！

她長得漂亮、行為很帥氣、個性又溫柔，還擁有連我這個女生都會暈船的魅力。

如果是結愛姊，就算換男朋友跟換飾品一樣，也不是什麼奇怪的事情——

「小朱莉，妳現在是不是在想非～常沒禮貌的事情？」

「我、我才沒有！真的！絕對沒有！」

好、好險，我的心思差點就要被她看穿了！

畢竟學長也曾經提醒我，其實結愛姊的觀察力十分敏銳，看來得多加小心才行！

「不過，跟普通人比起來，我的人生經驗確實還算豐富！」

「也包括談戀愛的經驗嗎！」

「是啊，但我沒談過妳那種熱情又專一的戀愛呢～」

結愛姊不懷好意地笑了出來。

「熱情……我真的有這麼熱情嗎？」

「至少大姊姊我是這麼想的。因為妳來到這裡的時候，幾乎都沒在看書，而是在偷看求不是嗎？」

「咦……！我、我才沒有……」

「明明就有。」

學長打工時的樣子真的非常帥。

他很適合穿圍裙，面對客人時的笑容總是很開朗，接待客人的樣子也非常紳士。

每當看到他偶爾跟其他客人——尤其是女性閒聊的樣子，心中就會湧出一點……一點！想要低吼的衝動，但我還是連一秒都不想從他身上移開目光。

「結愛姊，雖然我以前也問過這個問題……」

「本店禁止拍攝店員喔～♪」

「嗚嗚嗚……！」

因為個人隱私這方面的問題，我很清楚這也是沒辦法的事情……但這樣還是讓人覺得很遺憾！

如果可以用手機拍下學長打工時的樣子，天曉得會是多麼美好的事情！

可是又不能違反店裡的規定，只好拚命盯著學長看，就算只多看一秒也好——

「不過，妳真的太常盯著他看了。」

「嗚……那學長有發現這件事嗎……？」

「他啊……雖然有發現也很正常，但他畢竟是我認識的那個求呢～」

學長似乎是個「遲鈍」的男生。

既然身為他堂姊的結愛姊，還有從國中時代就認識他的實璃都這麼認為，那肯定就是這樣了吧。

聽結愛姊這麼一說，我也覺得學長好像真的有點遲鈍。

不過，只要想到都是因為學長夠遲鈍，我的不良企圖才沒有被發現，就覺得我們兩個或許是天造地設的一對……！

「幸好學長很遲鈍……」

「小朱莉，妳應該為此感到遺憾才對吧？」

「咦？為什麼呢？」

「傷腦筋……看來這女孩也挺遲鈍呢……」

結愛姊像是在忍耐頭痛一樣按著自己的腦袋，嘴巴也在小聲碎碎唸。

不知道她到底在說什麼？雖然有些在意……但如果是重要的事情，結愛姊應該會直接說出來吧。

「可是結愛姊，為什麼學長會這麼遲鈍啊？」

「嗚哇……妳這個問題還真是直白～」

結愛姊先是嚇一跳，然後扶著下巴稍微想了一下。

「這麼說來，我好像很少想過這個問題……？」

「是這樣嗎？」

「嗯～因為我也是最近才明顯感覺到他有多麼遲鈍。不過，其實他從以前就很優質，卻一直沒有女人緣，也不曾給人正在談戀愛的感覺。」

「這樣啊……」

「雖然這可能是親人濾鏡的效果，但他明明就長得很帥！五官端正，身材挺拔，鼻梁也很高……就算對戀愛不感興趣，應該也會有女生主動倒追才對吧！」

結愛姊像是發自內心感到遺憾，百感交集地嘆了口氣。

「我明明早就做好心理準備，在等這個可愛的堂弟找我商量青春期的煩惱，聽他傾訴心事，像是『我喜歡上某個女孩』或是『我被女孩子告白了』，還有『該怎麼做才能有女人緣』……之類的喔！」

「是喔……」

「……算了，先不管我的問題。我猜他沒有那種青春期男生該有的煩惱，八成都是我跟小璃璃害的。」

「妳說這句話是什麼意思？」

「因為……我們兩個都是超級大美女不是嗎！」

結愛姊毫不客氣地稱讚自己，讓我有一瞬間不知道她在說些什麼。

不過，她說的都是事實。不管是結愛姊還是小璃，都是無論何時上電視都不奇怪的大美女。

「妳想想看吧。求跟我經常……不，應該是偶爾吧？反正我們倆算是常常碰面，他跟小璃璃在最青春的國中時代也都是一起度過不是嗎？也難怪他看不上普通的女孩子喲。」

「普通的女孩子……」

「放心吧。妳可是超級無敵美少女喔！」

「妳這樣說難道不會太誇張嗎！」

「我倒是覺得妳跟求非常登對喲♪」

「登對……！」

「先不管他對美女的抵抗力。雖然他從小學以來就很我行我素，但個性也意外地老實……也許他單純只是對戀愛不太感興趣吧。」

「原、原來如此。」

因為我從小學時期參加那次夏令營，在那裡遇到學長後就一直把他當成初戀情人，所以不是很明白那種感覺。

如果學長現在依然對戀愛不感興趣，不管我怎麼努力應該都沒用吧。

「放心吧。」

「……咦？」

「自從妳來到這裡之後，求改變非常多呢。他每天都過得很開心，而且充滿了活力。雖然不知道他有幾分自覺，但他應該也對妳有特別的感覺才對。」

「結愛姊……」

「如果是像妳這麼乖巧的女孩，我也能放心把可愛的堂弟交給妳了～」

「唔！」

總覺得她好像很努力地要把我跟學長湊成一對……！

該不會有什麼企圖……不對，我怎麼可以這麼想！

就算她真的別有企圖，只要願意站在我這邊，就肯定是個非常可靠的同伴！

「所以……我要把很棒的禮物，送給努力攻略那個木頭男的妳喔！」

「禮物？咦？這不是傳單嗎？」

「沒錯，那是這次要舉辦的煙火大會的傳單。這個活動每年都會舉辦，而且相當熱鬧喔。」

「煙火……！」

雖然我上次才剛跟學長聊過關於夏季活動的話題，但自己在這個夏天確實還沒看過煙火。

稍微看了看拿到的傳單，活動會場就在搭電車離這裡五站的地方，而且規模似乎相當大。

活動舉辦的日期……正好是我要回去的前一天晚上。

「這不是很適合幫這個夏天劃下句點嗎？妳可以跟求一起參加……就你們兩個人去喲。」

「兩人獨處……！」

「為了讓妳留下最棒的回憶，我當然也會幫忙！還可以借妳浴衣喔！」

「浴衣！」

「雖然是我以前穿過的浴衣，但還算可愛喔。當然也會幫妳穿上去。」

「真的嗎！」

她真是太貼心了……！

結愛姊的完美無缺再次讓我感到驚訝。

而且有她在後面推我一把，那種感覺果然非常可靠……不管她有什麼企圖都無所謂了！

「小朱莉，邀請求參加這場煙火大會，就是妳最重要的任務！當然了，妳千萬不能說要跟大家～一起去喔！」

「我、我知道！」

舉例來說，不行利用哥哥。

我必須親自邀請學長才行。這可是貨真價實的正面對決……！

「妳做得到嗎？」

「我現在有點熱血沸騰了！」

沒錯，如果我什麼都不做，這個夏天就會這樣結束。

等到跟學長分開之後，就算我順利考上同一間大學，當我在四月入學的時候，說不定學長身邊也已經有其他女生了。

（我要跟學長交往……！）

只能這麼做了。

我不能辜負結愛姊、小璃與哥哥的支持。

而且……這也是為了讓我的初戀開花結果。

「我回來了～」

「唔！」

在大門鈴鐺發出聲響的同時，學長也回到店裡了。

我想也不想就把傳單藏到書包裡——

——喀鏘！

「呀啊……！」

結果手肘不小心撞倒裝著冰開水的玻璃杯！

「哇！」

雖然結愛姊漂亮地接住差點掉下去的杯子，但杯子裡的水和冰塊還是全灑在地板上了。

「小朱莉！妳沒事吧！」

「求，你去拿抹布過來。」

「沒、沒問題！」

「對不起……」

「沒關係啦。小朱莉，妳的衣服有沒有濕掉？有沒有受傷？」

「沒、沒有，我完全沒事……」

「那就好。噢，妳不用把這件事放在心上——啊，歡迎光臨～！」

我們才聊到一半，但因為有客人上門，所以只能被迫中斷。

只有這間店裡沒有其他客人的時候，我才能跟結愛姊與學長慢慢聊天。

這種時間每天只有一、兩次……即便我知道自己不該為店裡沒客人感到開心，也還是免不了期盼著這樣的機會。

「小朱莉。」

「啊，學長……」

「來，這杯冰水給妳。注意一下腳邊喔。」

「啊……地板讓我來擦就行了！」

「妳是客人吧？」

雖然我趕緊這麼說，卻被學長用這句話駁回。

可是，看到學長蹲在我腳邊拿抹布擦乾我打翻的水，就覺得很有罪惡感……

「呵呵……」

「學長，你在笑什麼？」

「沒什麼……我只是覺得妳打翻杯子的樣子很有趣。」

「嗚……！」

學長一邊拿抹布擦拭地板，一邊笑了出來。

雖然他看起來像是在尋我開心……但他應該是故意拿我犯下的過錯來開玩笑，讓我不會太過在意這件事。

因為學長就是這種人。

（我果然喜歡這個人。）

我又再一次……不對，已經體認到這件事無數次了。

體認到自己喜歡學長……喜歡求同學這件事，絕對不是一種錯覺。

我曾經想過當時讓我陷入初戀的求同學可能已經不在了。

可是……當我面對真正的他時，心中這種不好的擔憂很快就消失了。

「……？小朱莉？」

「啊……！對不起！我不小心恍神了！」

「不需道歉。總覺得妳好像一直盯著我看。只是想叫妳別把這件事放在心上。」

學長露出有些慌張的苦笑。

「這樣就搞定了。小朱莉，妳不必把這件事放在心上。請在這裡好好休息。」

把地板擦乾淨之後，學長沒有露出不情願的表情，還說出這句話安慰我，然後就這樣走進廚房。

我明明給他添了麻煩，他還是一樣溫柔。學長應該是在後場洗過手了吧。我就這樣看著他從廚房裡走出來，開始接待客人的樣子。

（好想趕快變成大人。）

這讓我心中隱約懷著這樣的想法。

包含今天在內，離小朱莉回家只剩下三天了。

她只是來當五百圓負債的抵押品。即便起因如此奇怪，這段同居生活現在對我而言依然意義非凡……

「讓我想想……家裡還有衛生紙，馬桶清潔劑好像該添購了……嗯，這樣就搞定廁所的部分了！」

小朱莉今天也是從大白天就開始做家事，忙著在房間裡到處巡視，幫我檢查各種日用品的存量。

雖然這是為了在她回去之後，我也不會遇到生活上的不便之處，但這份體貼還是讓我很感動，也同時感受到離別將近的寂寞。

「小朱莉，謝謝妳為我做這麼多事情。」

「……！真、真是的學長！那應該是我準備要回去的時候才能說的話吧！」

「說、說得也是。抱歉！」

「嗚……總覺得有點感傷了……」

如此說道的小朱莉沮喪地垂下肩膀。

儘管知道這樣很不應該，但發現她也覺得寂寞……我心裡還是有些高興。

「對了，小朱莉。」

「什麼事？」

「如果妳明年考上政央學院，也會搬出來自己一個人住嗎？」

「這個嘛……雖然還不是很確定，但我曾經跟小璃聊過要不要一起合租房子。」

「啊～妳要跟實璃合租房子嗎？」

如果可以跟好朋友就讀同一所大學，合租房子確實是個不錯的主意。

不過，我跟昴當初就完全沒聊過這種事。

假如我們當初有聊到這件事，應該也會得到「兩個男人住在一起實在很不方便」這樣的結論，最後還是不會成真吧。

「畢竟女孩子自己一個人住有些危險，兩個人同住還是比較放心。」

「是啊。如果有小璃在身邊，我也比較放心。」

畢竟那傢伙其實相當可靠，小朱莉當然也很可靠，但倘若她們可以互相扶持——

——求哥，你喜歡朱莉對吧？

「嗚……！」

實璃說得輕描淡寫的這句話，又再次在我腦海中響起。

這句話並不是一種心理創傷，就只是殘留在腦海中，驅策著我前進。

雖然覺得自己好像對實璃這個名字太過敏感，但我能跟小朱莉在一起的時間已經不多了……必須在離別之前決定該如何處理自己心中的情感。

可是…………奇怪？

我看向小朱莉，發現她不知為何也一臉嚴肅地陷入沉思。

然後她突然抬起頭來，與我四目相對……

「哇……」

小朱莉不知為何變得面紅耳赤，露出不知所措的樣子。

而……我看到她的反應之後，也不知為何覺得很害羞。

不知道小朱莉為何露出這種表情，而她肯定也不知道我為何會有這種反應。

這間狹窄的屋子裡，籠罩著讓人莫名心癢難耐的氛圍。

「啊，呃……」

「嗚……」

我不知道該如何是好，只能勉強從喉嚨裡擠出一點聲音……結果她也一樣。

到了最後關頭，小朱莉好像又變回原本那種放不開來的樣子了……等等，真的是這樣嗎？

仔細想想，小朱莉從一開始就非常開朗，一直帶領我前進。

所以我才會輕易接納她這個人——

——就這層意義來說，她也一直都在幫助我。

雖然我還不至於算是內向，但也不是那種跟任何人都能打好關係的人。

如果小朱莉當初沒有那麼積極，我們可能會一直顧慮對方，整天觀察彼此的臉色，直到今天都還維持尷尬的氣氛。

比起那種**最糟糕**的狀況，現在這種雙方都不知道該如何是好的沉默，或許只是個小問題吧。

想到這裡，我就覺得心情輕鬆多了……話語也自然脫口而出。

「不過，這樣會讓我有些嫉妒實璃呢。」

「……咦？」

「因為如果可以跟妳住在一起，獨居生活也能過得很開心啊！」

不對，既然是同租一間房子，那應該算是兩人同居才對。

小朱莉擅長做各種家事，當然也是一個優點。
然而，獨居生活非常自由，其實也相當孤單。
如果可以跟合得來的人住在一起，應該才是最好的做法吧……我現在就能充分感受到這件事。
而我只是直接說出這種想法——
「…………」
「……小朱莉？」
小朱莉一臉茫然地半張著嘴，就這樣愣住不動。
「啊……！」
聽到我這樣喊，她猛然回過神來，明顯露出形跡可疑的樣子，眼神也到處亂飄。
她忸忸怩怩地玩著手指，嘴角也慢慢露出笑意……
「那個……我跟小璃聊起這件事的時候，就只是在閒聊而已！」
「原、原來如此？」
「所以……那頂多只是一個選項！我們不是認真在討論這件事！」
小朱莉探出身體向我強調這件事，讓我有些不知所措，只能默默聽她說話。
「你也知道小璃就是那樣。她就像一隻流浪貓，總是隨心所欲，意志力很堅強，而且精明能幹，想要獨自生活一點都不困難，她反倒會覺得獨自生活比較自在，所以……所以……！」

她像是在找藉口，也像是急著要澄清，結結巴巴地說著這些話——最後總算下定決心，筆直看著我。

「如果我要跟別人同居，室友也不一定要是小璃……」

我的心臟猛然一跳。

心臟跳動得太過激烈，讓我甚至懷疑心臟要從嘴巴裡跳出來……明知道不可能發生這種事，還是忍不住伸手摀住嘴巴。

「我……假如學長願意……！」

——嗶～！嗶～！

「「唔！」」

電子聲突然大聲響起，讓我們兩個同時抖了一下。

不對，說大聲響起可能有些太誇張。

「衣、衣服好像洗好了呢！」

「是啊。」

聲音不是來自這個房間，而是來自走廊對面脫衣間裡的洗衣機。

那種通知聲當然不可能響徹這個房間，頂多只有打開電視機就聽不見的音量。

不過，這種音量足以打破我們之間的尷尬氛圍。

「對、對不起！話還沒說完，但我得趕在衣服變皺之前趕快拿去晾乾才行！」

小朱莉說出這種像是藉口的話，匆忙地站起來。

「啊，我來幫忙——」

「不用了！請你在這裡坐著休息就好～！」

我想也不想就主動說要幫忙，但她立刻拒絕了。

不過，這完全是我的錯。

她會拒絕也很正常……我一邊這麼想，一邊目送小朱莉逃離的背影。

然後現場只剩下我——

——如果我要跟別人同居，室友也不一定要是小璃……

——我……假如學長願意……！

想起小朱莉剛才說過的這些話，還有她說這些話時的表情，就讓我有種難以言喻的酥麻感覺。

臉頰與身體都燙到不行，如果真的是獨自在家，我現在應該會摀著自己的臉，躺在地板上打滾吧。

（因為她接下來要說的話……就只有那一句了吧！）

說不定事情跟我想的完全不同。

或許只是我想要這麼認為，小朱莉完全沒有那種意思！

「嗚……！」

總覺得心情十分鬱悶！

因為話還沒說完就被打斷，我們無法繼續聊這個話題……而且我也沒有勇氣重新問她！

在我家洗衣服，通常都是先從脫衣間裡的洗衣機拿出衣服，然後就直接拿到隔壁的浴室裡晾起來，整個過程都是在室內進行。

這讓我在小朱莉晾好衣服之前，都不需要與她碰面，我也得以稍微排解這種鬱悶的心情……

（我們明明馬上就要分別，不能繼續這樣下去了……）

我重新體認到自己面對的問題有多嚴重。

◇◇◇

「呼，我把衣服全部晾好了～」

「辛苦了。來，我幫妳泡好麥茶嘍。」

「哇！謝謝學長！」

小朱莉露出開心的微笑，一口氣喝光杯子裡的麥茶。

「原來妳有這麼口渴嗎？」

「啊哈哈……因為麥茶太好喝了。我可以再來一杯嗎？」

「嗯，沒問題。」

我提起茶壺，把麥茶倒進小朱莉手裡的杯子。

這種互動已經變得很理所當然。我記得剛開始的時候應該沒這麼自然，但實際情況到底是怎樣，現在也想不太起來了。

小朱莉在我身邊，就是這麼理所當然。

「對了。小朱莉，妳有什麼想去的地方嗎？」

「……咦？」

「妳不是曾經說想去露營嗎？雖然現在去外面過夜有些困難，但如果是當天就能來回的地方，我說不定可以帶妳過去。」

儘管剩下的日子不多，假如整天都窩在這個小房間裡，應該也很沒意思吧。

只要可以讓她更加享受這個夏天，不管什麼事我都願意去做。

「比如說……我們可以去看電影。還有就是…………對了，若妳將來要住在這附近，我們也能到處走走，看看附近還有什麼樣的店家——」

「既然這樣！」

因為小朱莉沒反應，我覺得有些不安，便說出各種提議，但她突然打斷我。她露出非常認真的表情，讓我不由得倒抽一口氣。

「既然這樣，我想去這個地方！」

小朱莉把某樣東西甩在矮桌上，還發出「啪」的一聲——原來那是一張傳單。

「這是……」

「這是煙火大會的傳單！」

「煙火大會……」

「……咦？學長該不會不知道吧？明天在這附近會舉辦一場煙火大會喔。」

「不好意思……」

對了，我記得咖啡廳「結」裡，好像也貼著同樣的海報。

不過因為店裡的海報經常配合伯父與結愛姊的喜好不斷改變，因此我向來都不會仔細觀察。

「這好像是每年都會舉辦的活動喔。」

「話是這麼說，可是我住在這附近也還不到半年。」

「啊，對喔……！」

小朱莉一臉歉疚地垂下肩膀。

「沒、沒關係，妳不必放在心上！如果我可以更加拓展自己的生活圈，不要只侷限於大學與『結』，就能帶妳去更多地方逛逛了……」

只要回想一下就能發現，我剛才的提議都相當空洞。而這全是因為自己對這附近不是很熟。

如果可以，希望是由我來邀請她參加煙火大會。

「……呵呵。」

「小朱莉？」

「啊……對、對不起！我只是……聽說你對這附近不是很熟，覺得有點高興。」

「咦？為什麼？」

「因為……這樣我明年搬來這裡的時候，我們不就能一起開拓新世界了嗎！」

小朱莉雙眼閃閃發亮，用鼻子重重地呼了口氣。

「我們可以一起尋找好吃的餐廳，還有不為人知的癒療景點！啊，所以你不可以自己一個人先到處踩點喔！」

「啊……哈哈，說得也是。知道了。我會期待妳搬來這裡的那一天。」

「那我們說定了喔！啊……話題好像扯遠了呢。」

小朱莉露出苦笑，同時再次把煙火大會的傳單拿給我看。

「那我們回到正題……要不要把這個活動，當成開拓附近生活圈的第一步呢！」

「好啊。請妳多多指教了！」

我被小朱莉的興奮情緒影響，快速地低頭鞠躬。

因為這個舉動太過誇張，讓我覺得有些好笑——

「呵呵……」

「哈哈哈。」

我們同時笑了出來。

因為實在太有默契，讓我覺得更好笑了。

「很～好！那就這麼決定了！」

「哦……！」

「接著開始準備晚餐吧！」

「咦？這麼快嗎？」

因為小朱莉猛然站起來，讓我嚇了一跳，同時轉頭看向時鐘。

現在還只是下午三點，也就是世人所說的下午茶時間。

畢竟她才剛把洗好的衣服拿去晾乾，希望她能稍微休息一下。

「買東西也是一種準備工作喔！」

「哦～妳現在就要去超市了嗎？」

「是啊。」

「那我也跟妳一起去吧。雖然只能幫忙拿東西就是了。」

「真的可以嗎！那我就不客氣了！」

小朱莉說得好像很感激的樣子，其實她應該早就猜到我會說要一起去了吧。

幸好她沒有像洗衣服的時候那樣拒絕我。

「那麼，因為我們開拓附近生活圈的第一集是煙火大會，所以今天就是夢幻的第零集了！」

「雖然目的地是去過好幾次的超市就是了。」

「不對喔。我們也可能找到平常沒注意到的甜點名店不是嗎！」

「原、原來如此。」

「我們能不能找到這樣的名店……將會決定這次的第零集能不能順利播放！」

「播放？要在哪裡播放啊？」

「這還用說嗎………」

小朱莉露出得意的笑容，就這樣整個人愣住不動。

我猜她應該還在思考要怎麼回答吧。

為了避免妨礙到她，我默默地等待答案——

……直到小朱莉的臉上冒出冷汗。

「…………當然是在我夢裡的電視台啊！」

「喔喔……」

「為什麼要鼓掌啦！」

我忍不住鼓掌，讓小朱莉訝異地叫了出來。

「我只是很佩服妳能想到這麼像樣的答案。」

「就是說啊！我也覺得自己很厲害呢！」

小朱莉有些自暴自棄地拍手鼓掌。

不久之後……

「……我們到底在做什麼啊？」

「我也不知道……」

那種莫名的興奮終於冷卻，我們也重新恢復冷靜。

「……總之先去買東西嗎？」

「……我贊成。」

◇◇◇

「學長，雖然有點突然，我們來猜謎吧！」

當我們來到常來的超市，忙著到處選購食材的時候，小朱莉突然說出這句話。

「我們第一次來這裡的時候，好像也發生過這種事呢。」

「咦？有這種事嗎？」

「嗯，我記得妳當時也是這樣突然要我猜謎。」

至於問題的內容……

——獨居男子最欠缺的東西是什麼呢！

……我記得好像是這樣。而正確答案則是——

——正確答案是……女孩子親手做的料理！

「呵呵……」

那個答案讓我嚇了一跳。

不過現在只覺得那種奔放不羈的言行，實在很有小朱莉的風格。

「學、學長，你為什麼要偷笑啦！」

「沒什麼，妳不用放在心上。」

「我怎麼可能不在意！」

說不定說出那些話的本人反倒記不得了。

畢竟那件事讓我頗受震撼……應該還會繼續占據我的腦海好一陣子吧。

「說吧。妳要問我什麼？」

「嗚……那我直接說了。」

小朱莉好像還沒想起來，但還是不情願地繼續說下去。

雖然這也不是需要對她保密的事情，總覺得主動說出來很難為情，所以還是決定讓她之後自己想起來。

「問題來了！請問我今晚打算做的料理是什麼！」

「咦？妳要做的料理？」

這個問題比想得還要普通多了！

「呵呵呵！只要聽學長對這個問題的回答，就能知道你對我這個人了解到什麼程度！」

「原來是這樣嗎！」

這個責任比想像得還要沉重多了！

「來，電視機前的各位也一起想想看吧！」

「電視機前的各位又是誰啊！」

「就是我夢裡電視台的觀眾們。」

「那不就只有妳一個人嗎……？」

我一邊吐槽一邊思考。

先從小朱莉以前做過的料理來找尋線索吧。

漢堡排、蛋包飯、燉菜、馬鈴薯燉肉、豬肉味噌湯與炸雞……這些常見的家常菜就不用說了。

中華涼麵、素麵、蕎麥麵與冷涮豬肉……這類夏季料理她也做了不少。

我記得還有煎餃、麻婆豆腐、燉蘿蔔等等這些料理……呃，以及那些名字與做法都很複雜的料理……

（太、太多了！）

這一個月以來，我幾乎是早中晚三餐都吃小朱莉親手做的料理，所以能想到的線索實在太多了！

料理的種類多到讓我佩服不已。

想要把這當成線索找出答案，或許是個不智之舉吧。

「那個……學長，這種問題應該不需要想得那麼認真吧……」

「可是……嗯～」

「需要給你提示嗎？」

「提示……不，不用了！」

小朱莉還好心這麼提議。

要是她在這種情況下給我提示，肯定會是幾乎等於答案的提示。

可是，這樣就無法證明我有多麼了解小朱莉。

……不過，她也可能只是隨便說說罷了。

畢竟小朱莉也有這樣的一面。

（但是，既然她向我發起挑戰，那就得全力迎戰！）

我不知為何如此逞強，總之就是絞盡腦汁努力思考……！

努力、思考…………

「…………該不會是咖哩吧？」

（完全想不到答案！）

我愈想就愈是毫無頭緒，結果說出咖哩這個答案。

而且會想到這個答案，只是因為這是我現在最想吃的東西，所以完全不認為這是正確答案。

「…………」

我就知道！小朱莉也啞口無言了！

她睜大眼睛，一副非常驚訝的樣子……她看起來很驚訝？

「答……」

答？

「答對了！好厲害！學長完全猜中了！」

「啊，小朱莉！這裡是超市！」

我被小朱莉的音量嚇到了。

因為她是真的從丹田喊出聲音。

而且還說答對了……咦？

「我竟然答對了嗎！」

「是啊！學長果然厲害！你真的很了解我呢！」

小朱莉像是要用全身表達內心的喜悅，在原地跳了幾下，還用閃閃發亮的眼睛看過來。

要是我說出想到這個答案的原因，她應該會非常失望吧……？

「欸嘿嘿，我們剛才不是有聊到露營的事情嗎？說到露營，就會想到咖哩。就算只能體驗一下那種氛圍……應該說我現在很想吃咖哩。」

「原來如此……」

確實是這樣沒錯。

仔細想想，如果深入推敲讓我現在最想吃咖哩的原因，或許跟她一樣。

換句話說，我憑直覺說出來的答案，其實有說中問題的關鍵。

（早知道是這樣，剛才就會回答得更有自信了……！）

雖然這完全是事後諸葛，還是不由得感到後悔。

遺憾的是，就我是否理解小朱莉這點來說，這次應該算是不合格吧。

「不過，我不是要做普通的咖哩飯喔。」

「咦？」

「我前陣子不是做了炸雞嗎？」

「嗯。」

「當時使用的炸油，我有保存起來，準備拿來重複使用。」

「哦～妳是說裝進油壺裡的那些油嗎？」

「對。」

這是前幾天發生的事情，我當然還記得。

可是，這件事跟煮咖哩有什麼關係──

「學長，說到咖哩飯與油炸食品……有讓你想到什麼嗎？」

「這個嘛，畢竟我對料理一竅不通……就算說到這兩樣東西，我也想不到……」

咖哩飯與油炸食品？

這讓我的腦海中閃過一樣東西。

「豬排……？」

「沒錯！」

「豬排咖哩飯！」

「答對了！」

竟然是豬排咖哩飯……！

那可是把咖哩飯與豬排這兩樣主菜合而為一的最強料理！

我們現在可以做炸物，這件事確實有機會實現……我怎麼沒有早點想到呢！

「看你的表情……學長應該也喜歡吃豬排咖哩飯吧？」

「既然妳這麼說……難不成小朱莉也喜歡嗎？」

「當然喜歡啊！這個世界上根本沒有討厭吃豬排咖哩飯的人！」

雖然這麼說有點太過誇張，但也沒必要特地否定。

因為豬排咖哩飯就是這麼好吃！

「我決定了……難得有這個機會，我們就買那種平常不敢買的特級豬肉吧！」

「特、特級豬肉！」

小朱莉的眼神變得不一樣了。

平常的餐費都是來自我的錢包。

儘管負責掌管廚房的人是小朱莉，不過她都會顧慮到我的財力，通常都是選用價格適當的食材，不然就是限時特賣或是正在促銷的商品。

這實在是幫了我大忙，但也感到歉疚，懷疑自己是否讓她受到委屈。

希望小朱莉能偶爾擺脫那些限制，盡情享受做料理的樂趣。

而且……我也想吃吃看她使出全力完成的料理！

幸好我也剛領到打工的薪水，手頭目前還算寬裕。

「你確定？我真的可以這麼做嗎！」

「當、當然確定！」

聽到她這樣向我反覆確認，免不了讓我有些畏縮。

我記得小朱莉家裡還算富裕。

因為便宜是有下限的，讓我們的認知還能保持一致，但昂貴的東西可以貴到很誇張的地步。

說不定會看到一百公克一萬圓那種從未見過的超高級豬肉……！

「呵呵呵呵～♪今晚可以吃特級豬肉呢～♪」

不過，既然話都說出口了，我也沒辦法請她手下留情。

小朱莉哼著歌（不知為何是貝多芬的《命運》交響曲）走向肉品販賣區。我默默跟在她身後，暗自做好覺悟。

「天啊！學長快來看！我找到了！」

小朱莉先一步抵達肉品販賣區，很快就發現我們要找的特級豬肉。

不管了！我豁出去了！買就買！今天就豪爽花錢吧！

「……嗯？」

我探頭看向小朱莉看上的豬肉……

「一百公克的價錢是……五百圓？」

「哇啊……想不到這間超市竟然有賣這個等級的豬肉……而且還是專門用來炸豬排的肉！看來這位負責進貨的人很喜歡吃豬排呢。絕對錯不了！」

小、小朱莉突然變得超級多話……！

看到她興奮成這樣，這種豬肉應該相當罕見(Rare)吧。當然，我不是指它的熟度（註：「Rare」是肉類食品熟度的其中一個等級，也就是「一分熟」的意思）。

「學長，難道你沒注意到這件事有多嚴重嗎……！」

「有、有這麼誇張嗎……？」

「就是有這麼誇張！學長聽好了？我平常都是選購……這種一百公克一百圓的豬肉。」

「這、這個我知道。」

「這間超市的主要客群是普通家庭，商品便宜是最大的賣點，所以這種價格的商品應該最好賣才對。」

小朱莉向我這麼解釋，身上甚至散發一股壓迫感，讓我完全無法插嘴，只能不斷點頭。

「雖然也會有價格偏高的商品，提供給那些想偶爾奢侈一下的客人，但通常都是用來烤肉的肉片！畢竟大家都喜歡吃烤肉，而且又很方便！」

小朱莉先是如此斷言，然後又稍微停頓一下，才補上「這只是我個人的看法」這句話。

「可是這間超市竟然準備了用來炸豬排的肉！至少我很少看見這種東西！嚇了一跳！這真是太神奇了！為了解開這個謎題，甚至想要派遣探險隊前往亞馬遜森林的深處！」

「原、原來是這樣啊……」

我以前都不曉得一百公克五百圓的豬肉是這麼厲害的東西……既然小朱莉都這麼說了，就應該是這樣吧。

雖然實在無法體會就是了——

「唔……學長，看你的表情，好像還是無法接受呢。」

「咦？不，妳誤會——」

「既然這樣，為了讓你理解這種豬肉有多厲害，也只能……嗯……我想想……」

小朱莉一邊小聲呢喃，一邊開始拚命思考。

不過，其實我早就能接受這件事了——

「啊！想到一個好主意了！」

不久後，小朱莉猛然抬起頭來。

「請你看看五百圓這個價錢！」

啊……那個數字不就是……

「沒錯……這種豬肉就跟我來這裡用身體抵債的金額一樣昂貴！換句話說，這塊豬肉跟一個我有同樣的價值！」

……其實我早就發現這件事了。

不過覺得這是不該說的話，所以才沒說出來。

因為把小朱莉跟豬肉拿來比較實在太奇怪了！

可是，想不到她竟然主動說出這件事！

「關於這次要做的豬排咖哩飯，我預估的豬肉用量是一人兩百公克。換句話說，我們兩個人的份加起來就是四百公克，正好等於四個我的價值！」

應該不能這樣計算吧……

不管怎麼妥協，小朱莉一個人吃掉兩個自己這種事，也未免太詭異了吧？

「學長，難道你沒聽見……這些小豬豬的叫聲嗎？」

而且她還偷偷把那些豬肉升級為小豬豬了。

「……不，應該是我的叫聲才對！」

「什麼……！」

「有兩個我正在苦苦哀求，不斷喊著『快點吃掉我啊』……」

聽到她這麼說，讓我在豬肉上面看到迷你小朱莉的幻影……等等，不對不對！

「竟、竟然叫我快點吃掉妳……」

「沒錯……我想被學長吃掉……咦？」

小朱莉變得滿臉通紅。如果這是在漫畫裡，背景說不定還會出現「砰！」這個擬聲詞。

然後她從眼角流出淚水，明顯表現出驚慌失措的樣子……不過，這也是理所當然的反應呢……

「不、不是這樣的。我不是那個意思……呃，可是……嗚嗚……」

「小、小朱莉，妳先冷靜一下吧。」

「既然這樣，那我也豁出去了！」

「咦咦！」

「學長現在很想把我吃掉……而且愈來愈想把我吃掉……！」

小朱莉舉起雙手，像是要傳送念力過來一樣，同時嘴裡還唸著咒語。

為什麼要用施展催眠術的語氣啦！

「你想要吃掉兩個我……就、就算要吃掉三個我也行……！」

「不、不用了，我只要吃兩百公克就夠了。」

「………哼。」

奇、奇怪？

怎麼覺得氣氛好像突然變得有點緊張……？

「學長，難道你不想吃掉我嗎……？」

「咦……我、我不是這個意思……」

她這句話到底是什麼意思啦！

糟糕，我的臉頰變得好燙。

想不到我們來超市買東西，竟然會聊到這種話題。

……超市？

「哎呀，他們是吵架了嗎？」

「就算是吵架，應該只是情侶在鬥嘴吧？」

「讓我想起自己年輕的時候了。」

「真是可愛呢……」

天啊！

周圍的客人全都在看著我們！

「小、小朱莉，我們要不要先去其他地方逛逛？」

「……在你親口說要吃掉我之前，我絕對不會離開這裡！」

真是的，這女孩又莫名其妙開始鬧彆扭了！

「……妳看看旁邊吧。」

「看旁邊…………？天啊！」

小朱莉碰巧發出跟剛才的我一樣的鬼叫聲。

她好像總算發現其他客人都在看我們了。

可是——

「嗚……可是，四個我還在這裡……」

「那只是豬肉啦！」

她都已經發現別人在盯著我們看，卻還是不願意離開這裡，也未免太執著了吧！

既然這樣……！

「那我們就買四百公克吧！」

「啊……！」

我拿起兩包一百公克五百圓的炸豬排專用豬肉，也就是剛好四百公克的豬肉，放到購物籃裡面。

然後就拉著小朱莉的手，快步逃離現場。

好像有聽到別人吹口哨的聲音，但我故意裝作沒聽見。

「呼……應該不會有人追過來吧。」

「那……那個，學長……」

「哇，抱歉！」

我趕緊放開小朱莉的手。

握手、牽手之類的……雖然不是頭一次，但果然彼此還是不太習慣吧。

「啊，其實你不用急著放手也行……話說回來，你真的要買嗎？」

「妳是說這些豬肉嗎？當然要啊。妳該不會真的以為我不打算買吧？」

「……畢竟那些肉比我想得還要貴。還以為你頂多只會買價錢只有一半的豬肉……這樣你的錢包沒問題嗎？」

「當然沒問題。畢竟說要買特級豬肉的人是我。」

一百公克五百圓的豬肉買了四百公克，那價錢就是兩千圓。如果用小朱莉當單位來計算，那就是四個小朱莉。

雖然這個價錢當然不便宜，但其實我完全負擔得起。

當然了，這兩千圓還得加上煮咖哩的材料費……不過這筆費用就跟在外面的餐廳用餐差不多，只要想到可以吃到小朱莉親手煮的豬排咖哩飯，這樣其實非常便宜。

「我反倒覺得妳太客氣了呢。舉例來說，如果是要買牛肉，應該還有更貴更高級的肉才對。」

「沒、沒問題！我就要這些豬肉！」

……總覺得她好像對那些豬肉有感情了。

她最後說不定會跟那些食育課的學員一樣，變得不忍心吃下那些豬肉——

「而且我喜歡豬排勝過牛排。豬肉的油脂跟咖哩最對味了！嗚嘿嘿，而且這可是一百公克五百圓的豬肉喔。想到就讓人受不了呢……嗚嘿嘿嘿……」

啊，看來她應該沒問題吧。

小朱莉開始在腦海中模擬該怎麼料理這些豬肉，臉上露出傻呼呼——不，是非常幸福的笑容。

「學長！我實在等不及了！我們立刻去買做咖哩與炸豬排要用到的食材吧！」

「沒、沒問題。」

「呵呵呵……我要做出一道完全以炸豬排為主角的豬排咖哩飯！不，光是當主角還不夠，監製、導演、編劇……到製作總監都得是炸豬排！我要做出一道以豬排為材料，為豬排而生的豬排咖哩飯！」

小朱莉高高地舉起拳頭。

因為她眼裡好像只有今天的晚餐，讓我不忍心說出潑她冷水的話……

（她又把自己當成炸豬排了……！）

不過，至少讓我在心裡吐槽一句吧。

◇◇◇

當我們買好東西回到家裡時，小朱莉立刻開始準備做飯。

「這次的重點是要做出能澈底突顯豬排滋味的咖哩。我必須在煮咖哩的時候細心調整口味才行……！」

……她是這麼說的。

小朱莉快速穿上圍裙，把頭髮綁成一條馬尾，然後開始用手機搜尋食譜與教人怎麼烹飪的影片。

她不打算全憑腦袋裡的知識進行，還想吸收網路上的知識，做出最棒的豬排咖哩飯——看眼神就知道她非常認真。

「這個……不對。這個……啊，這部分好像有參考價值……」

她小聲呢喃，左手不斷地在手機螢幕上滑動，右手也忙著在筆記本上寫字。

小朱莉基本上都是用兩倍速播放影片，還會直接跳到講重點的地方……我只能看著她努力做功課的模樣，內心深感震撼。

「嗯……可以！這樣或許行得通！」

「辛苦妳了。食譜搞定了嗎？」

「是啊！不過，接下來還得實際做做看，一邊試味道一邊進行調整。」

「這樣啊……不好意思，把事情全都交給妳做。」

雖然我也很想幫忙……但在小朱莉忙著準備食譜的時候想了一下，發現完全沒有我幫得上忙的地方，看來還是乖乖待在房間的角落比較好……

「那個……學長，我想請你幫忙一下……不知道你是否願意？」

「咦？妳要我幫忙？」

「啊，呃……如果你不方便就算了！」

「不會，假如有我幫得上忙的地方，請務必讓我幫忙！」

沒想到事情會變成這樣，但若可以幫得上忙，我當然非常樂意。

也許是因為我意外地積極讓她嚇了一跳，小朱莉露出苦笑。

「不過，其實只是想請你幫點小忙……因為我可能會忙不過來。」

「沒問題，我什麼都願意做。妳就儘管使喚吧！」

「什麼都願意做……還要我儘管使喚你……！啊……抱歉……」

不知為何，總覺得小朱莉眼中好像閃爍著詭異的光芒……不，這應該是錯覺吧。

畢竟那只是短短一瞬間的事情。

「那我就不客氣了。這真的只是小事，可以麻煩你洗米嗎？」

「嗯，沒問題。」

雖然小朱莉一副感到過意不去的樣子，但考慮到我的廚藝，這個安排相當妥當。

我要努力做好這件事，不讓自己扯她後腿！

我如此鼓舞自己，起身準備過去幫忙。

◇◇◇

「好厲害……」

即使我對料理一竅不通，還是明白眼前這位女孩非常擅長做菜。

她的刀工令人眼花撩亂，轉眼間就把洋蔥與紅蘿蔔切成碎塊。

然後把蒜頭與薑丟到平底鍋上翻炒——糟糕，到了這一步，我就開始跟不上她的速度了。

為了讓食材均勻受熱，她開始翻動平底鍋，等到食材變軟，就立刻把水和某種調味料加進去，煮滾之後才把咖哩塊放進去……剛才跟水一起加進去的那種調味料到底是什麼啊？

我只能看著她努力做菜的模樣，而且光是看著就覺得頭昏眼花。

小朱莉的雙手連一秒都沒有停下來，一直快速且流暢地動來動去……沒多久就煮好咖哩了。

不對，其實這段時間沒那麼短暫。

只是因為看到出神，才會覺得這段時間過得很快……我是在向誰解釋啊？

「辛苦妳了。呃～再來只剩下炸豬排──」

「還沒完呢。」

小朱莉打斷我的話語。

「接下來還要對味道進行微調！」

說完，小朱莉把番茄醬與醬汁等各種調味料擺在桌上。

「聽起來好像很難的樣子……！」

「不過，我已經大致想好基本口味了。剩下的問題……就是能不能調整成學長喜歡的口味。」

「咦……我的？」

「是啊！所以想請學長幫忙試味道。」

要我幫忙試味道……原來小朱莉主要就是想請我幫忙做這件事嗎？

可是，我還是頭一次做這種事。因為以前都是直接享用完成的料理。

「其實是希望能直接讓你享用做到最好的料理……可是，又覺得有些不安。」

「不安……？」

「因為上次的炸雞是我最棒的作品！過去為學長做了許多料理，你也請我吃了不少好料……而上次做那道炸雞的時候，就針對你的喜好調整了口味。」

上次的炸雞確實很好吃。

就算說那是我這輩子吃過最美味的，也絕對不算誇張。

「可是，我想要超越那個最棒的作品！」

小朱莉堅定地這麼說，向過去的自己下挑戰書。

「我要把跟學長在一起的這段日子……這個夏天的總結，灌注在這道豬排咖哩飯之中！」

「這個夏天的總結……！」

「可是，如果我直接正面挑戰，肯定無法超越那道炸雞……頂多只能做出差不多的料理吧。所以，我想到了一個辦法……」

「那就是把你變成我的同伴！」

小朱莉露出得意的表情挺起胸膛。

「就算憑我一個人的力量辦不到，只要跟學長一起努力，肯定可以做出更美味的料理！」

「看來我責任重大呢……」

「呵呵，學長只需要誠實說出自己的感想就行。因為這道料理是為你做的！」

這道料理是為你做的……聽到這句話的瞬間，我想也不想就抓住她的肩膀。

「咦！學長——」

「妳錯了。」

「……咦？」

「我覺得……這道料理不該是為我做的。」

我衝動地如此否認。

聽到她這麼說，當然很高興。

因為喜歡的女孩對我說，這道料理是她特地為我做的。

雖然不是很清楚這句話裡藏有什麼樣的情感，但幾乎可以肯定她是想讓我開心。

可是……既然小朱莉想把這道料理當成這個夏天的總結——

「這道料理也必須是為妳而做才行。」

「為我而做……」

「不過，我好像沒資格說這種話。小朱莉，看妳買豬肉的時候好像很開心，如果這道料理沒辦法讓妳也覺得好吃，就太可惜了。」

小朱莉眨了好幾下眼睛。

她的反應就像在說：「我完全不在意那種事喔。」

「可是，只要能讓你覺得好吃，我就心滿意足了……」

「其實我很喜歡看妳吃飯吃得很開心的樣子。」

「咦……！」

「當然也知道妳為我做的料理，一定也是妳覺得美味的東西。不對，不管吃的人是誰，應該都會覺得好吃……咦，小朱莉？」

「喜歡……喜歡……喜歡……喜歡……」

「小、小朱莉，沒事吧！」

「喜……啊！對、對不起，剛才恍神了一下！」

「還好吧……？要不要稍微休息一下？」

「我完全沒事！身體狀況反而好到不行！」

身體狀況明明好到不行，卻還是不小心恍神，聽起來反倒有些危險……不過，既然她本人都這麼說了，應該是真的沒問題吧……？

「可是……學長，如果要滿足你的口味，又要滿足我的口味……可能要花上不少時間喔……？」

「沒關係。就讓我們一起研究吧。雖然……我這個不會做菜的人可能沒資格說這種話，但這樣一起做菜，感覺也有一點像在露營呢。」

「確、確實……！」

因為這裡是室內，而且我只負責試味道，只要冷靜想想就會發現，這跟露營完全是兩碼子事，但重點其實是兩個人一起做菜這件事。

「我們兩個都喜歡的頂級料理……如果真的做得出來……」

小朱莉的眼睛裡閃爍著光芒。

就算沒有把話說出來，我也知道她想說什麼。

肯定是想說……「我想挑戰看看」吧。

「小朱莉，讓我們一起完成這個夏天的總結吧！」

「……好！就算你做到一半想要認輸，我也絕對不會放你走喔！」

這女孩真的很可靠呢。

於是，我就這樣與點燃鬥志的小朱莉一起踏上探究美味的無盡旅程！

◇◇◇

「小朱莉……！」

「好的……我要上了！」

小朱莉猛然睜大眼睛，把那東西輕輕丟下。

——噗滋啊啊啊啊！

「——……唔！」

氣泡不斷冒出，過一段時間之後，就能聞到麵包粉散發的香味了。

（這種感覺真是痛快……！）

雖然以前曾經在影片裡看過，但親眼看到果然更有魄力。

原來這就是炸豬排的感覺！

「呵呵，這種感覺會讓人上癮對吧？」

「嗯……！」

「我第一次在旁邊看媽媽炸東西的時候，也覺得做菜是一件很厲害的事情。」

小朱莉看著溫度計調整火候，同時露出感到懷念的微笑。

「不過我當時還被濺出來的熱油燙到額頭，痛得哇哇大哭呢。」

「原、原來還發生過這種事啊……」

聽起來好像很痛的樣子。既然媽媽就在旁邊，小朱莉當時應該還很小吧。

「媽媽很擔心，還問我要不要下次再學，但我對她搖了搖頭，沒有放棄學習做菜……我也覺得自己有些頑固。」

「看來妳很想學習怎麼做炸物呢。」

「是啊！因為油炸食物很好吃……而且男生都很喜歡。」

最後那句話被熱油爆開的聲音完全蓋過，讓我聽不清楚。

雖然忍不住想追問，可是——

「學長喜歡吃油炸食物嗎？」

「妳說我嗎？嗯，很喜歡那種口感與香味，還有肉汁在嘴裡爆開的感覺。」

不管是炸豬排與炸雞，還是天婦羅與可樂餅都一樣。

這些油炸食物我都喜歡。

「不過，要是上了年紀就不能吃這種東西了。我可能只有現在能吃吧。」

「學長還不到需要在意那種事的年紀吧？你還不到二十歲耶。要是讓真的上了年紀的人聽到這種話，他們可能會生氣，覺得你在挖苦他們喔。」

小朱莉輕聲笑了出來，同時把鍋子裡的金黃色炸豬排翻面。

「而且我爸爸曾經說過，邊喝酒邊吃油炸食物是人生最棒的享受！」

「喝酒啊……」

聽到這個詞彙，我立刻想起小朱莉在溫泉旅館裡的放蕩模樣。

——學長～♪

「…………」

「學長，怎麼了嗎？」

「唔……啊，我沒事！」

又想起來了……幸好她似乎不記得那天發生的事情。

「學長討厭酒嗎？」

「其實我不討厭……因為沒喝過。」

「可是，我聽說大學生都會喝酒……」

「……妳是聽實璃說的嗎？」

「對，是小璃告訴我的。」

那傢伙又在亂說話……

「我還是提醒妳一下吧。要滿二十歲才能喝酒喔……當然也有人偷偷打破這個規定，但我都有乖乖遵守。」

「我想也是呢。」

（……她可能會覺得我是個太過正經的無聊傢伙吧。）

不過這種事她應該早就知道了吧。畢竟昴和結愛姊都經常說我這個人太過認真。

只要跟我住在一起，小朱莉當然也會發現這件事才對。

「啊……豬排好像炸得很成功喔！」

小朱莉似乎沒把這件事放在心上，把料理長筷伸進鍋子裡。

然後俐落地夾起豬排，擺在鋪著廚房紙巾的盤子上。

「好啦，這樣就炸好一塊！我要繼續炸下去了喔！」

「喔、喔～！」

小朱莉沒想太多，就這樣把下一塊豬排沾上麵衣，放到鍋子裡油炸。

我為此暗自鬆了口氣……默默在旁邊守候她。

◇◇◇

老實說，我跟小朱莉這時心裡應該都很不安。

我們都裝出一副很開朗的樣子，藉此隱藏心中的不安……但時間不會因此停止，依然繼續流逝。

然後——這一刻終於到來了。

「學長請用……！」

「嗯……！」

我們兩人都倒吞一口口水。

平時用餐的矮桌上擺著兩個盤子。

盤子上都放著白飯與咖哩……而剛炸好的金黃色豬排，就靜靜地躺在白飯上面。

這道總結小朱莉這個夏天的料理總算完成了。

「嗚哇……味道好香喔……！」

炸豬排與咖哩的香味毫不留情地刺激著鼻腔。

因為我們兩個一起研究這道料理的口味，結果就這樣忙到晚餐時間，肚子也早就在喊餓了。

如果可以，好想立刻大吃特吃……！

不過，我絕對不能這樣糟蹋這道料理。

「…………」

小朱莉看著裝有豬排咖哩的盤子，表情明顯十分緊張。

而她會這麼緊張……都是因為剛才研究口味時發生的事情。

——學、學長！請吃吃看……！

——好、好吃……這是目前為止最好吃的一次！

——我也這麼覺得！不會有更棒的口味了！

——嗯，這就是最棒的口味！

……經過反覆測試之後，我們成功找到了最棒的口味。

因為我們兩個喜歡的口味都差不多，所以過程非常順利。

可是……這不過就是醬汁罷了。

有別於只要炸好就算完成的炸雞，醬汁的任務是突顯豬排的滋味。

（就算只論這道咖哩本身，也絕對算是好吃。不過，沒人知道咖哩與炸豬排的滋味是否搭調……說不定這兩種味道會互相牴觸，全部混成一團……）

小朱莉在調味的時候，甚至還有考慮到豬排的油脂。

可是，在這次正式開吃之前，我們都不曾同時試吃咖哩與豬排。

說不定我們剛才試吃的時候，也應該一起品嘗豬排才對……

——我、我還是覺得這樣不好！難得買到這麼棒的肉……想讓你懷著新鮮感好好品嘗！

因為小朱莉這樣要求，才讓我放棄連同豬排一起試吃。

如果這是要擺在店裡賣的料理，應該不能沒進行最後試吃就端出來給客人吧。

不過，這是只為了我們兩人而做的料理。

讓我們倆都能澈底享受這道料理，才是最好的做法。

「小朱莉，準備好了嗎？」

「好了……！」

我們交換了一個眼神，同時雙手合十。

「「我要開動了！」」

我立刻切一小塊豬排放到咖哩汁裡——就在這時，突然跟小朱莉對上眼。

雖然算不上交換眼神，但我們還是對著彼此點點頭，並且同時舉起湯匙——

「「一……二……三！」」

然後同時把豬排放進嘴裡。

「「唔！」」

這、這是……嗚……嗚……！

「太好吃了！」

還以為自己要昏過去。

如此強烈的美味瞬間就支配我的口腔。

豬排濃郁的油脂與咖哩的香辣滋味結合在一起，創造出只吃咖哩湯汁無法品嘗到的深刻滋味……已經不知道該怎麼形容，只能說這真是太好吃了！

「小朱莉，這道料理真是太好吃……咦？」

我忍不住興奮地對小朱莉這麼說——

「嗚……嗚嗚……」

可是，她不知為何流下了眼淚。

「小朱莉……？」

「嗚，學長……嗚！」

雖然小朱莉不斷深呼吸，試著讓自己冷靜下來，眼淚還是流個不停。

「沒事吧！難道是吃到什麼很苦的東西嗎？不對，該不會是食物過敏吧……！」

如果是這樣就糟了。我現在應該立刻幫她催吐……不，應該趕快叫救護車才對！

「不是的……我沒事……」

看到我驚慌失措的樣子，小朱莉搖了搖頭。

原來如此，幸好不是食物過敏……不對，現在就放心還太早了！因為問題根本沒有解決——

「這道料理……真是太好吃了……好吃到我不敢相信……結果眼淚就自己流出來了……」

小朱莉拚命忍住不哭，斷斷續續說出自己內心的想法。

我唯一能做的事情，就只有默默聽她把話說完。

「我一直想著該怎麼讓學長吃得開心。」

「嗯……」

「可是，跟學長一起做料理……研究味道的時候……我真的覺得很開心，也覺得這道料理非常好吃……這讓我很後悔自己怎麼沒有早點發現這件事……這樣我就能……就能……！」

如果今天不算，離小朱莉回家只剩下兩天了。

她得在明天中午之前做好回家的準備，晚上則是去參加煙火大會。

後天上午就得離開這裡……

只要這麼一想就會發現，我們只剩下今天有時間這樣一起做料理了。

「不過……可能就是因為這是最後的機會，我們才能做出這道料理……所以……學長，我……」

小朱莉就這樣流著眼淚，吃了一口豬排咖哩飯。

然後她揚起嘴角，露出看起來既幸福又悲傷的笑容。

「真的豪豪粗呢。」

我跟小朱莉一起做了這頓晚餐。

這道豬排咖哩飯超級可口，卻又讓人感到依依不捨的滋味……我肯定一輩子都忘不了吧。

她讓我看到的表情，還有感受到的痛楚，今後應該也會不斷想起吧。

我有這種感覺。

第4話

關於我跟朋友的妹妹一起參加煙火大會這件事

──學長，難得有這個機會，我們要不要約在車站前碰面？

雖然心裡覺得這樣好像約會，但我沒有說出這個感想，就這樣點頭同意了。

今天是舉辦煙火大會的日子。儘管這是昨天才安排的行程，我很快就為此感到興奮不已。

我很喜歡看煙火。小時候只要家裡附近有舉辦煙火大會，都會跟家人一起參加。

可是，後來這種機會逐漸變少，讓我暗自感到有些寂寞……想不到這附近居然也有舉辦煙火大會。

我原本就沒有浴衣這種東西，所以跟平常一樣穿著T恤與五分褲……不過，先一步出發的小朱莉也穿著平常的衣服，所以這樣穿應該沒問題吧。

「唉……」

我背靠著床鋪盤腿坐在地板上，忍不住又嘆了一口氣。

會忍不住嘆氣，都是因為看到房間裡的樣子。

與昨天比起來，變得整齊多了。

這當然是因為小朱莉的行李都打包好了。

為了在明天上午用宅配服務把行李寄回去，房間裡只剩下一些手提行李，絕大多數的其他東西都已裝進紙箱與行李箱，擺在房間的角落。

現實真的用了各種手段，讓我體認到這個事實。

「果然還是會覺得寂寞呢……」

如果我這個年長者在小朱莉面前說出這種話，會顯得有些沒出息，所以一直儘量避免這麼說……但說不定她早就察覺我的心情了。

而且——

——求哥，你喜歡朱莉對吧？

我也還沒想好該怎麼面對這份感情。

自己早就把小朱莉當成喜歡的異性……就算事實真是如此，也不知道是否該向她表白。

「傷腦筋……」

就算我在這邊感嘆，也無法找出答案。

因為早在今天以前，就一直在思考這個問題了。

「我喜歡與小朱莉一起度過的時光。這點絕對毫無疑問……」

如果情況沒有改變，等到小朱莉回去之後，我一定會感到寂寞。可能會寂寞得睡不著覺，也可能會忍不住哭泣——不過，我都到了這把年紀，實在不希望這種事情發生。

總之，已確定她在我心中很有分量，而且變得相當重要。

若要聽從實璃的建議……肯定還是得認清這份感情，然後向小朱莉表白比較好。

「總覺得這件事很難辦到……」

世人總是習慣把高中生活與「青春」兩字劃上等號，但我跟昴白白浪費掉了那段時光。

雖然我覺得那也是一段很難得的愉快日子，但也確實因為太過愉快，讓我體驗到的事情少了許多……不管是談戀愛還是其他事情，如果當時能累積更多處理人際關係的經驗，現在應該就能輕易得到答案了吧。

……不過那樣好像也有些無趣，我不是很喜歡。

「嗯……？」

手機發出震動。

仔細一看，原來是昴傳了訊息過來。
『聽說你們要去參加煙火大會。』
『你要好好照顧朱莉喔！』
看來是小朱莉告訴他這件事的。
原本想用貼圖代替答覆……但後來想想還是輸入了文字。
『嗯，當然沒問題。』
我剛把訊息傳過去，就立刻出現「已讀」的標記。
『我今天也要去那裡約會喔！』
『想找個好機會把女朋友介紹給朱莉認識，所以不希望剛好碰到你們！』
『千萬別來找我喔！』
他到底在擔心什麼啊……
「知道啦。傳送。」
他馬上就傳給我充滿不信任感的貼圖，讓我也隨便傳了張貼圖過去，就這樣結束對話。
「原來昴要跟女朋友去約會啊……」
昴剛進到大學就交到女朋友。因為那女孩也是我的朋友，所以我還知道他們兩人開始交往的來龍去脈。

他早就是個有女朋友的人，今天的煙火大會對他來說是真正的約會……總覺得我們已經是兩個世界的人了。

「畢竟那傢伙一直說想交個女朋友呢……」

他在高中時代毫無形象可言，很快就被當成搞笑型角色，到了二年級也因為小朱莉入學而變成妹控型角色……結果就變成女孩子完全不感興趣的男生了。

不過，就是因為他有那種想法，所以現在的成功也不是突然從天上掉下來的。

他跟以前從未認真想過要交個女朋友的我完全不同。

不像我面對突然從天而降的……類似「愛情」的東西，只能任憑這種情感擺布。

「……差不多該出門了吧。」

就這樣坐在這裡不動，好像也只會愈想愈煩惱。雖然還不到約好的時間，我還是決定要出發了。

話說回來，小朱莉很早就出門了，不知道這樣會不會有問題。

畢竟她曾經說過，在回去之前還有很多事情要做……

「說不定她已經提早到那邊等我了……得加快腳步才行。」

在開始放煙火之前，必須先到現場找好位子。

不過，我們畢竟只有兩個人，沒必要從早上就在廣場鋪好野餐墊等待，所以不需要帶太多東西。

話雖如此，就算要站著看煙火，也還是得先找好位置。就算約好的時間還沒到，如果可以提早碰面還是比較好。

而且我也不忍心讓她等待……所以就快步趕到車站前——

「……沒看到人。」

這也是理所當然的結果。

現在離我們約好見面的下午五點，大概還有三十分鐘左右。

我當然早就猜到會有這種情況，便決定就這樣慢慢等她到來。

◇◇◇

「…………她怎麼還沒來？」

現在已經快要下午五點半了。

離我們約好的時間，早就超過三十分鐘。

周圍有很多同樣都是約好要參加煙火大會的人，而且人數還愈來愈多，但我還沒看到小朱莉的身影。

（雖然已經用Line傳訊息過去了，可是……）

說不定她也早就到這裡，只是我們都沒看到對方罷了。早在約好的時間到來時，我就有傳訊息給她，說自己已經到了……但她沒有回覆。

（還是再傳一次看看吧。不過，總覺得這樣好像在催促她一樣……）

我不是氣她沒有準時赴約，而是因為聯絡不到她而擔心。

（她該不會遇到什麼意外了吧……？）

如果真是這樣，我就不能站在這裡等了。

得立刻去找小朱莉才行……可是，我又不知道她去哪裡了！

（電話……對了，我可以打電話！總之先打電話給她吧！）

我趕緊拿出手機。

然後，就在準備打電話的瞬間——小朱莉竟然主動打電話過來了。

「喂！」

『呀啊！』

她怎麼會發出慘叫！

不對，她好像只是受到驚嚇——

「啊……抱歉！我不該突然這樣大叫……」

『不、不會，該道歉的人是我，我遲到了……』

「沒關係……話說回來，沒事吧？要是發生了什麼狀況，妳不用勉強趕過來。」

『沒事！我剛好已經到了……！』

「咦，真的嗎？」

我忍不住抬起頭來環視周圍……但放眼望去全都是人。

明明只過了短短一瞬間，人就變得愈來愈多了。

看來要找到小朱莉並不容易。

「小朱莉，妳在哪裡……啊，電話掛斷了。」

然後她就掛斷電話了。

傷腦筋。看來就算她已經趕到，想要會合還是很有難度——

就在這時——好像有東西勾到我的袖子。

「學長。」

「咦……」

結果我的袖子並不是被東西勾到。

而是被一位女孩輕輕抓住。

「學長，不好意思讓你久等了。」

「妳是……小朱莉？」

「對，我就是朱莉喔！」

小朱莉面帶微笑，額頭微微冒汗。

她應該是直接跑來這裡，才會有點喘不過氣……不對，這不是重點！

「浴衣……」

小朱莉身上穿著浴衣。

那是一件充滿夏季風情的白色浴衣，上面有著彷彿在河裡游泳的金魚圖案。

她還把頭髮綁起來，臉上也有化妝……看起來非常漂亮。

「是啊，難得有這個機會，我就穿浴衣過來了。」

小朱莉露出羞澀的笑容。

「這應該就是所謂的後現代主義風格吧。這件浴衣真的很可愛呢！」

「嗯、嗯。」

雖然小朱莉似乎是在說那件浴衣，但我覺得她的一切都很可愛。

不管是浴衣、頭髮、妝容、手裡拿著的迷你束口袋……

還是她本人……

全都非常可愛動人……讓我心裡小鹿亂撞。

「妳怎麼會有那件浴衣？」

「其實這是跟結愛姊借的。她還幫我打扮化妝呢。因為我們兩個都莫名講究，結果就……對不起，我遲到了。」

「原來如此。沒關係，我不在意。」

畢竟她讓我看到的東西，完全值得等待。

「不過，妳也未免太見外了吧。如果先告訴我要穿浴衣過來，我就可以事先準備了。」

問題出在我身上。雖然提早半小時來到這裡，但我穿得這麼隨便，根本沒資格站在她旁邊。

也許我不該帶著以前與家人參加煙火大會的心情來赴約……如果地上有洞，還真想馬上鑽進去。

「呵呵，沒關係啦。畢竟我昨天才提出邀請。」

我猜小朱莉應該在好幾天前就開始做準備了吧。而且還是跟結愛姊一起。

不知道那個人這次又有什麼企圖？

「而且……我也想給你一個驚喜！」

「啊……」

「欸嘿嘿，平常我會覺得害羞，不太敢問這個問題，可是……」

小朱莉在原地轉了一圈。

時間流逝的速度似乎慢了下來。

她身邊彷彿綻放著許多鮮花。

我就像被施加了絕對無法移開目光，連想要眨眼都做不到的魔法。

就在這一瞬間，小朱莉毫無疑問就是世界的中心。

「今天的我可愛嗎？」

小朱莉突然停下來，露出夾雜著些許羞怯的微笑。

雖然這樣的她讓我看傻了眼，整個人愣住不動，但還是勉強點了點頭。

可是小朱莉看起來似乎不太滿意。

她氣得鼓起臉頰，往我這邊靠近一步，緊緊握住我的手。

「請你好好說出來。」

「嗚……」

那雙大眼睛像是要訴說，她絕對不會輕易放過我。

不過要我實際把話說出口，又覺得很難為情……不對，現在不是找藉口的時候！

如果不說出來，小朱莉就絕對不會放開我吧。

說不定就算開始放煙火，我們也只能繼續站在這裡……？

我也不該逃避，必須……必須鼓起勇氣才行！

「妳真的……真的非常可愛。」

「……！欸嘿……欸嘿嘿！」

小朱莉睜大眼睛，臉頰微微顫抖，就像是終於忍不住笑意一樣，最後露出傻呼呼的笑容。

「討厭啦。學長，其實你不用說得這麼客氣。」

她輕輕拍打我的手臂，毫不掩飾自己內心的歡喜，讓我不知為何感到心頭一暖。

「呵呵呵，不過我很開心喔！這樣就不枉費努力打扮了！」

「啊哈哈，畢竟這可是難得的煙火大會呢。」

「這也是原因之一，不過……難道學長沒發現嗎？」

「咦？」

「今天……可是第一次喔。」

「第、第一次……？」

「我們兩人還是第一次單獨出來呢。」

「啊……」

這可不是到家附近買東西，也不是去咖啡廳打工這種日常活動。

之前參加校園參觀活動的時候，還有實璃跟我們在一起。

後來還跟結愛姊與昴一起去海邊玩。

每次參加這種正式活動時，總是有其他人跟我們在一起。

可是，今天只有我跟小朱莉兩個人。

在這個夏天的最後，我們終於頭一次……

「所以，學長。」

小朱莉緊緊握住我的手，微微一笑。

「你今天眼裡只能有我一個人喔！」

「唔……！」

「可是，今天畢竟是煙火大會，你也不能不看煙火呢。啊哈哈。」

糟、糟糕。

太糟糕了……她真是太可愛了……！

我很快就開始懷疑自己是否能保持理智，就這樣與走在前面的小朱莉牽著手，朝向車站邁出腳步。

◇◇◇

從離我家最近的車站搭乘電車坐個五站，就能抵達煙火大會的會場。

雖然還要兩個多小時才會開始放煙火，但我早就猜到電車裡應該已經擠滿穿著浴衣的乘客。

「學長、學長。」

「嗯？」

我站在電車裡，聽見小朱莉向我搭話。

「會場就在下一站，不過我們先別下車喔。」

「咦？」

「聽我的就對了。」

小朱莉把食指擺在嘴唇上，對我眨了眨眼睛。

我覺得一頭霧水，只能默默地點頭。

照著小朱莉的指示，多坐了兩站才下車。

雖然幾乎所有乘客都下車了，電車裡變得空蕩蕩，但如果要從這裡坐回去……

「……嗚哇。」

開往反方向（也就是前往會場）的電車正好到站，而且車廂裡跟通勤時間一樣塞滿了乘客。

「學長，我們走吧。」

「呃……妳真的要在這裡下車嗎？」

「對。啊，不過我們可能得走點路喔。」

「那倒是無所謂啦……」

她牽著我的手走出月台……算了，不管這麼多了。

小朱莉來這裡好像有什麼目的，而我決定默默跟著她走。

「呃……好像是走這邊的樣子……」

走出車站後，小朱莉看著手機不斷走著。

雖然她似乎是要去舉辦煙火大會的河邊，但這裡只有路燈，周圍非常安靜。

（難不成不是要參加煙火大會嗎？）

她看起來像是照著某篇文章的指示在前進。

畢竟這件事好像跟結愛姊有點關係，她該不會又有什麼企圖了吧……不，不可能是這樣。

小朱莉說這是我們兩人頭一次單獨出來玩。

她不可能做出聯合結愛姊設計我這種事——

「學長，看那邊！」

「咦？啊……！」

前面怎麼好像有點熱鬧？

我就這樣跟著小朱莉前進……結果竟然看到路邊出現類似祭典的攤販！

「這裡剛好在最角落的地方，離會場有點遠，卻是欣賞煙火的祕密景點，連在網路上都找不到相關資訊喔。」

「竟然還有這種地方……！」

「不過，其實我沒資格說得好像自己很懂，因為這些都是結愛姊告訴我的。」

「原來是結愛姊啊……」

對不起。結愛姊，我不該懷疑妳的。

她應該是擔心我和小朱莉不懂這些事情，可能會耗費太多力氣找尋地點，才會好心給我們建議吧……看來下次得好好向她道謝才行。

「學長，你看那邊！可以撈金魚喔！」

「哇，真的耶。想不到連這種地方都有擺攤……」

「我只在小時候見過那種攤販！學長，我們去玩吧！」

小朱莉拉著我的手臂，來到撈金魚的攤販前面。

「喔，兩位是情侶嗎？真令人羨慕！」

「咦！啊……是、是的……」

聽到攤販老闆這麼說，小朱莉紅著臉點了點頭。

她應該是對「情侶」這兩個字有所反應……其實我也嚇了一跳。

「你們兩位都要挑戰對吧？我這邊只有紙糊的網子，可以接受嗎？」

「沒問題！」

小朱莉使勁點了點頭，接過老闆拿給她的網子。

老闆口中的網子，就是那種貼著和紙的撈網。

雖然我還看過用餅皮製成的撈網，但這兩種撈網都很怕水，一不小心就會破掉。

「就來試試看吧。」

我不知道已經有幾年不曾撈過金魚了。

上次好像是在國中，不，應該是小學……而且還是低年級的時候吧？

不管是什麼時候，總覺得拿著網子就湧出了鬥志。

「嘿嘿，你要在女朋友面前好好表現喔！」

「沒問題。」

「呀啊……！」

當我對著老闆點頭時，旁邊的小朱莉不知為何發出怪聲。

糟糕，得專心才行……！

我還記得訣竅，那就是把網子放進水裡的時候必須順著水流，而且金魚不是用撈的，而是用彈起來的——

「哎呀！可惜啊！老兄，你的網子破掉了！」

「嗚…………」

……結果還是撈不起來。

只憑一知半解的知識，果然不可能順利撈起金魚……我懷著這種想法，轉頭看向旁邊。

「…………嘿。」

在小朱莉發出可愛聲音的同時，一條金魚彈到空中——然後掉進她手上的碗裡。

「哦哦！」

「小妹妹，很厲害喔！」

「欸嘿嘿。」

小朱莉露出得意的笑容，然後又撈到一條，但網子也在同時破掉了。

「結果撈到兩條嗎？小妹妹，妳太強了。」

「說不定是這件浴衣的功勞。」

「哈哈哈，也許這些金魚以為上面的圖案是同伴，就疏於防備了呢！」

老闆一邊說著這些好聽話，一邊把小朱莉撈到的兩條金魚，放進給客人帶走的塑膠袋裡。

「來，拿去吧。」

「哇……謝謝老闆！」

小朱莉開心地接過變成獎品的兩條金魚。

雖然我不由得想起之後該怎麼處置這兩條金魚的問題……但又覺得自己好像變成討厭的大人，心裡有些難受。

「欸嘿嘿，我撈到金魚了。」

「想不到妳這麼厲害，嚇了一跳呢。」

「我也是！其實我還是第一次撈金魚喔。」

「咦？真的嗎！」

「這或許就是所謂的新手運吧。」

小朱莉把裝著金魚的塑膠袋拿到眼睛前面，興致盎然地盯著看。

她好像沒想過我剛才想到的問題……耀眼得讓人無法直視。

「對了，我幫這兩條金魚想好名字了！」

「名字？」

「呃……這條叫做……咦，剛才那條是哪一條啊……？」

這兩條金魚都是全身紅色，讓人無法分辨，而且現在也很有活力地在塑膠袋裡游來游去，完全靜不下來。

「這、這兩條金魚就叫做小金跟小玉（註：日文「魚」和「玉」發音相似）！」

「小金跟小魚……」

兩條合起來就是金魚。

總覺得這個名字實在淺顯易懂，也可說是直白……更可說是隨便。

不過，淺顯易懂應該算是好事……吧？

「順帶一提，小金就是金魚的金。」

「嗯。」

「然後小玉就是跟金相對的玉！」

「玉……？」

「玉」是什麼意思？

跟金相對的字是玉……？

「哼哼哼……玉就是將棋裡的玉將喔！」

「……那就不是跟金相對了吧？」

「咦？」

「金將……不對，跟玉將相對的棋子應該是王將才對。」

「……………啊！」

腦袋短暫當機之後，小朱莉似乎終於想通，大聲叫了出來。

而且還大大地張著嘴巴。這件事真的有讓她這麼震驚嗎？

「我原本還以為這是個好名字……！」

「不過，我覺得小魚也是個好名字——」

「請叫牠小玉。」

「是、是啊，小玉應該也會覺得很開心吧。」
「可是，難道牠不會討厭這個不小心取錯的名字嗎？」
「不過，若把這個名字跟小金擺一起，不就會變成聽起來很可愛的金魚了嗎？」
「啊……！對喔！」
看來她現在才發現這件事。
「金玉……金魚……這算是冷笑話嗎？」
「嗚……！」
怎麼變成是我在說冷笑話了！
雖然小朱莉可能確實會覺得這件事是我起頭的……但還是無法接受！
「那就先不管名字的由來了。小金，小玉，以後還請多多指教喔！」
……不過，既然小朱莉看起來很開心，我也不好意思潑她冷水。
「啊！學長、學長♪前面有在賣蘋果糖耶！」
「哇，走路要小心點喔！」
小朱莉又發現另一個攤販，急忙衝了過去。
因為她還穿著木屐，以便配合身上的浴衣，讓我擔心她會不小心跌倒，只能趕緊跟上。

（話說回來，這樣有點像是來逛祭典呢……）

比起一般的祭典，這裡的攤販規模較小，應該只是為了讓附近居民開心一下，才會特地擺攤的吧。

說到夏天，就會讓人想到祭典和盂蘭盆節。

如果撈金魚跟蘋果糖就能讓她開心成這樣，或許我也可以帶她去參加那些活動。

今年當然是沒機會了……希望明年可以。

「來，這是學長的份喔！」

「啊……」

當我茫然想著這些事情，同時環顧周圍的時候，小朱莉已經買好蘋果糖，還把其中一支拿到我面前。

「啊，難道你不喜歡吃蘋果糖嗎？」

「不，不是這樣的……其實我好像還沒吃過這種東西。」

「咦，原來是這樣嗎！」

小朱莉先是嚇了一跳……然後不知為何微微一笑。

「那……在吃蘋果糖這方面，我是你的學姊呢。」

「啊哈哈，確實是這樣沒錯。」

「來，嘴巴打開～！」

「……咦？」

小朱莉沒把蘋果糖交給我，而是拿到我嘴邊。

「學弟要聽學姊的話喔。來，嘴巴打開～！」

「呃……好啦……」

我抗拒不了那種小惡魔般的笑容，怯怯地張開嘴巴——然後咬了一口蘋果糖。

「好甜……」

「因為那就是蘋果糖的滋味啊！」

也許是蘋果的酸味突顯了砂糖的甜味吧。

總覺得吃起來甜到不行。

「欸嘿嘿……那這個給你。」

「哦，謝謝……等等，這支妳不是吃過了嗎？」

雖然我想也不想就接過她拿過來的蘋果糖，但是比起我剛才咬了一口的那支蘋果糖，這支明顯已經吃了好幾口。

她應該是拿錯了吧？我懷著這種想法看向小朱莉——

「啊～！」

結果看到她大大地張著嘴巴，準備讓我餵她！

「咦……？」

「來吧。」

「小、小朱莉——」

「啊——！」

我也不是看不懂這個動作是什麼意思，但這實在太令人難為情了……！

話雖如此，我不能因為覺得害羞就愣住不動！

因為小朱莉張著嘴巴動也不動，讓周圍的人好像都用溫暖的眼神看了過來！

我忍不住嚥下口水，怯怯地把蘋果糖拿到小朱莉的嘴邊。

然後，蘋果糖的前端碰觸到她的嘴唇——

「好吃。」

小朱莉咬了一口蘋果糖，發出清脆的聲響。

這、這種難以言喻的感覺是怎麼回事……！

總覺得心情莫名地激動——

「那、那麼學長，我們差不多該去找位子了！你看，人好像變多了呢！」

「啊……」

她竟然逃走了！

不對，那蘋果糖要怎麼辦啊！

小朱莉吃過的那支在我手上，我吃過的那支則是在她手上——

——大口咬下。

「啊……！」

也不知道她到底有沒有發現，小朱莉又在我咬過的蘋果糖上咬了一口。

這就是所謂的間接接吻。

「小、小朱莉——」

雖然我發現為時已晚，但為了避免事情變得更無法挽回，還是叫住她了，但……

「唔！」

咦……她剛才是不是故意別過頭去了？

她明顯有聽到我說話，卻故意假裝沒聽見……似乎是這樣。

可是——

（她的耳朵都紅透了。）

因為她今天把頭髮綁起來，所以我看得非常清楚。

她的耳朵與後頸都染上一片緋紅。

（這該不會就是那個吧……？不對，應該不是吧！）

總覺得小朱莉像是故意要把蘋果糖對調……雖然這只是我一廂情願的解釋，但實在無法不這麼想。

（糟糕，我的臉現在肯定紅透了！）

擅自揣摩小朱莉的想法也是如此。

晚點準備要做的事情……也是如此。

做這些事都需要勇氣，而且也是我過去一直不擅長的事情……所以心裡當然也會害怕。

——大口咬下。

「……！」

小朱莉猛然回過頭來。

我們兩人四目相對……小朱莉露出非常驚訝的表情。

「……蘋果糖好吃嗎？」

她瞇起眼睛，對我微微一笑。

「嗯，吃起來酸酸甜甜的。」

「那可是大人的滋味呢。」

小朱莉走過來，輕輕碰觸我的手。

「可以嗎？」

「……嗯，當然可以。」

我如此回答，同時握住她的手。

小朱莉露出笑容，很快就握了回來。

後來，在開始放煙火之前還有一點時間。

小朱莉和我都不發一語，望著還沒發射煙火的黑暗夜空。

嘴裡吃著對方的蘋果糖。

手與手緊緊握在一起。

第5話 關於我跟學長一起參加煙火大會這件事

我彷彿置身在夢裡。

這是段讓人內心輕飄飄又溫暖的幸福時光。

煙火大會還沒開始，與學長約好碰面的時間也還沒到。

我先一步離開學長家，來到結愛姊家裡。

「這樣就行了！小朱莉，妳覺得怎麼樣？」

結愛姊不但幫我穿上浴衣，還順便幫我化妝。

總覺得映照在鏡子裡的自己，好像變成別人了。

變得和平常完全不同。浴衣也真的是長大後就再也不曾穿過。

我彷彿變成被施了魔法的灰姑娘。

「看妳很開心的樣子，我就放心了。」

我明明一句話都還沒說，結愛姊就好像看穿了一切，露出心滿意足的笑容。

「……嗚！」

「哇！小朱莉，怎麼了嗎？」

我……忍不住就抱住結愛姊了。

「好不容易才幫妳穿好浴衣，這樣又會亂掉啦。」

「結愛姊，我真的很慶幸可以遇到妳……！」

「怎、怎麼突然說這種話啦……真是的，妳晚點還要來還我浴衣不是嗎？說得像是這輩子再也見不到面了……」

「因為……因為……！」

「不行喔。妳可不能哭出來。傷腦筋……我怎麼好像多了個需要照顧的妹妹？」

結愛姊彎下腰來，幫我檢查臉上的妝有沒有糊掉。

「不對，說不定不只是**好像**，妳真的會變成我的妹妹呢。」

「唔！妳、妳太心急啦！」

「哼～既然說我太心急，就代表妳總有一天要成為我的妹妹對吧？」

「嗚嗚嗚……」

「呵呵，這才是我認識的小朱莉。妳晚點就要去一決勝負了，可不能現在就開始感傷喔。」

這麼說道的結愛姊向我眨了眨眼睛。

然後她低頭看向手錶……忍不住叫了出來。

「糟糕。我太過專心，不小心用掉太多時間了。」

「咦？啊，約好的時間！」

「算了，反正求應該不會生氣……妳稍微遲到一下，說不定能讓他留下更深的印象呢。」

「結、結愛姊……！」

「啊哈哈，對不起。不要擺出那種表情啦。我會送妳到附近的，在店裡等一下。我去把車開過來。」

結愛姊露出毫無愧疚之意的笑容，說出這種話安撫我。

儘管有些無奈……但她畢竟花了不少時間在我身上，我覺得自己沒資格抱怨。

不過也不確定學長是否真的不會生氣。如果我坐車從這裡趕去車站……應該會遲到三十分鐘左右吧……

我懷著這種想法，按照結愛姊的吩咐下樓來到咖啡廳「結」。

雖然很久不曾穿浴衣，但走起路來意外地還算靈活，讓我有點吃驚。

「嗨，小朱莉，午安。」

「啊，店長午安。不好意思打擾你了。」

站在吧檯裡的店長向我打招呼。

他是結愛姊的爸爸，也是學長的伯父。

「妳穿那件浴衣很好看喔。」

「真的嗎！欸嘿嘿……」

「妳讓我想起結愛小時候的樣子……抱歉，這麼說好像有些失禮呢。」

「不會……因為結愛姊是我的偶像！」

「哈哈哈，謝謝妳。至於她是不是個值得別人崇拜的女兒……我實在很難贊同就是了。」

店長一邊這麼說，一邊把茶杯擺在吧檯上。

「這杯香草茶請妳喝。可以幫助放鬆心情喔。」

「哇，真的可以嗎？謝謝店長！我要開動了！」

這杯香草茶聞起來好甜……而且還是我喜歡的味道！

「好好喝……！」

「哈哈，那就好。」

店長微微一笑，用溫柔的眼神看過來。

這讓我覺得有點不好意思。

「雖然求不是我的孩子……但還是希望妳能跟他好好相處。」

「咦？」

「如果有妳這樣的女孩陪伴他，我就可以放心了。」

「……希望如此。」

聽到店長這麼說，我非常開心。

可是，這代表我必須成為學長的特別之人。

學長當然是我的特別之人。

不過，他是不是這樣看待我……就不知道了。

「小朱莉，我們出發吧～！」

「啊……我馬上過去！店長，謝謝你的招待！」

「加油喔。」

「唔！……我會的！」

深深低頭鞠躬後，我轉身離開咖啡廳「結」。

除了學長家，這裡是我在這個夏天待最久的地方，也是最喜歡的人們經營的店。
因為大家是用笑容送我離開……希望回來還浴衣的時候，也能帶著笑容回來。

◆◆◆

直到不久之前，我完全無法想像會有這種事。
最喜歡的人就站在我身邊，看著同樣的景色，分享同樣的感動。

這裡應該……算是結愛姊告訴我的祕密景點吧。
這個地方不會太過擁擠，卻又能讓人放輕鬆地欣賞煙火，旁邊還有一些攤販，讓我有種彷彿來參加祭典的感覺，心裡雀躍不已。
特別是撈金魚！
結愛姊借我穿的這件浴衣，上面有著金魚游泳的圖案，看起來非常可愛……
——今天的我可愛嗎？
——請你好好說出來。

這讓我的膽子大了起來，忍不住這樣質問學長……

可是，可是！

——妳真的……真的非常可愛。

學長竟然對我說了這種話！

雖然這件浴衣跟化妝絕對有影響，但他說這句話的時候非常認真！

光是聽到這句話，就足以讓我把今天訂為紀念日了！

——你今天眼裡只能有我一個人喔！

嗚……啊……！

因、因為這個緣故，就算我還說出這種有些大膽過頭的話，也是逼不得已的事！

……沒錯，是逼不得已的！

我一邊這麼告訴自己，一邊拉著學長在這個迷你祭典活動中盡情玩耍！

頭一次撈金魚，卻撈到兩條。那就是小金和小玉。

還看到最愛吃的蘋果糖，忍不住就買下來了！

蘋果糖又甜又好吃……讓我感到很興奮，還跟學長互相餵對方吃——

（咦？學長跟我的蘋果糖該不會不小心對調了吧……？）

我剛才吃過的蘋果糖在學長手上，而我幫學長買來的蘋果糖（就是剛才餵學長吃的那支）則是在我手上。

如、如果不把蘋果糖換回來……不就變成間、間間、間接……！

……腦海中閃過惡魔低語的聲音，讓我不由得動了邪念。

「那、那麼學長，我們差不多該去找位子了！你看，人好像變多了呢！」

「啊……」

學長注意到了！

現、現在該怎麼辦？我應該承認自己拿錯，立刻向他道歉才對……可是……

（啊～！啊——！我什麼都沒聽見～！）

——大口咬下。

生米已經煮成熟飯！再也無法回頭了！

我假裝沒聽到學長的聲音，就這樣咬了一口蘋果糖！

（間接接吻……我跟學長間接接吻了……！）

啊啊，不行。我快要忍不住笑出來了。

即便知道這是我用卑鄙手段贏得的獎勵，還是覺得很開心。

（學長，對不起。我會立刻把蘋果糖還給你——等等，現在才把蘋果糖還給他，應該難度很高吧！）

就算假裝剛才只是沒發現拿錯，也等於是大聲宣布自己跟學長間接接吻了……！

那樣實在太不知羞恥了——不過，其實現在這樣也很不知羞恥！

怎麼辦……到底該不該說出來……？

——大口咬下。

「……！」

從身後傳來的聲響，讓我忍不住回過頭去。

便與學長四目相對。

我沒想過學長會吃下那支蘋果糖，心裡大吃一驚……

不過看到學長的表情，還有他那變得跟蘋果糖一樣紅的臉頰——

「……蘋果糖好吃嗎？」

這讓我不知為何覺得他非常可愛。

「嗯，吃起來酸酸甜甜的。」

「那可是大人的滋味呢。」

我沒想太多就說出這句話。

不過，這句話有何意義並不重要。

學長露出羞澀的微笑，我也忍不住笑了出來。

此時此刻，我們兩人身在同一個世界，擁有同樣的感受。

可以發自內心這麼想，真的讓我覺得很幸福。

◆◆◆

好希望這段時間可以永遠持續下去。

如果到了明天，還能迎接這樣的一天，不知道該有多好。

——咻……砰。

（好漂亮……）

那些美麗的光芒，使我捨不得眨眼與呼吸。

仰望著夜空中的煙火，偷偷看向身旁的學長。

「嗚哇……」

學長盯著煙火看，眼睛像個孩子一樣閃閃發光。

記得他好像曾經說過，已經很久沒來看煙火了。

這讓我覺得他很可愛……心裡也感到有些嫉妒。不過不是嫉妒學長，而是嫉妒那些煙火。

（不對，怎麼會嫉妒煙火呢？）

我暗自這樣吐槽，忍不住露出苦笑。

在這一個月裡，我發覺自己真的變任性了。

待在學長身旁原本還只是夢想，但現在早就變成理所當然的事情。

還理所當然地讓他叫我的名字……如果學長不在身邊，我就會感到寂寞與痛苦。

就連我們來參加這場煙火大會，開始放煙火的這一瞬間，我都想獨占他的目光。

（學長……我就在你身邊喔。）

我沒有說出這句話，而是稍微更用力地握住學長的手。

學長的手抖了一下，但他很快就回握我的手，就像是要回應我一樣。

「真的很漂亮呢。」

「嗯……看起來很有震撼力。」

學長一副心不在焉的樣子，有氣無力地這麼回答。

不，他是被煙火占據了心思。

這些煙火確實非常壯觀漂亮，就連現在也——哇啊！

——咻……砰砰砰！

又有好幾發煙火射到天上，接著又分裂成更多發，最後炸裂開來。

世界彷彿在一瞬間變成白天。美麗的光芒是如此耀眼，在一瞬間就覆蓋了夜空。

「喔喔……！」

周圍的觀眾們都發出讚嘆聲，而且還拍起手來。我和學長也不例外。

「不知道會場那邊是不是有人正在歡呼？」

「呵呵，說不定真的有喔。」

學長半開玩笑地這麼說，讓我忍不住笑出來……啊，手放開了。

要是我又重新握住他的手，不知道會不會很奇怪……？

懷著這種想法，再一次怯怯地碰觸學長的手。

「……唔。」

學長的手又抖了一下，然後——

（啊……！）

他主動輕輕握住了我的手。

好開心……有種與他心靈相通的感覺。

當我看向學長時，他已經把臉轉向煙火那一邊了。
不過，在煙火光芒的照耀下，能看出他的臉龐微微泛紅……
（啊啊，我現在真的好幸福……這大概是這輩子最幸福的時候吧……）
彷彿置身在夢裡。
這是段讓人內心輕飄飄又溫暖的幸福時光。
直到不久之前，我完全無法想像這種事。
最喜歡的人就站在身邊，看著同樣的景色，分享同樣的感動。
好希望這段時間可以永遠持續下去。
如果到了明天還能迎接這樣的一天，不知道該有多好。
（不過……只要煙火放完，這段時間就……）
隨著時間經過，煙火也變得愈來愈激烈，而且色彩更為豐富，寂寞的感覺也在我心中逐漸膨脹，不斷刺痛著我的心。
只要這場煙火大會結束……到了明天早上，我就非得回家不可了。
不是回到學長家，而是我自己的家。我得回到原本那種離學長很遙遠的生活。
不久前還覺得這一個月有如永恆般漫長，完全不認為這種生活會有結束的一天。
「喔喔喔……」

外型有如知名卡通人物的煙火在天上炸開，讓觀眾們發出歡呼聲。

煙火變得愈來愈激烈，也愈來愈古怪，逐漸把整場活動推向高潮。

我只能抬頭仰望……這些煙火明明無比美麗，卻令我感到心痛。

「小朱莉……？」

學長擔心地這麼問，讓我猛然回過神來。

不知道從什麼時候開始，我已經從煙火移開目光，低頭看著地面，而且還緊緊握住學長的手。

我不想面對結束的時刻，也不想離開學長身邊。

在這種難得的寶貴時間，自己竟然只顧著逃避現實……！

「對……對不起！」

「啊，小朱莉！」

我心裡既害羞又難過……最後實在無法忍受，只能從學長身邊逃走。

轉身背對煙火與學長……還推開在我們後面欣賞煙火的群眾。

（我不要！我不要！我不要！我不要！我不要！）

不希望這種生活就此結束，也不想離開學長身邊。

沒錯，我真的很討厭只能跟個孩子一樣耍脾氣的自己。

眼淚停不下來。不管怎麼擦都會不斷湧出。

突然做出這種事，學長應該也很傻眼吧。

他說不定會覺得我是個怪人，就這樣變得討厭我。

我在這個夏天累積起來的一切，說不定都被自己親手毀掉了。

（可是……可是……！）

就算我沒有親手毀掉這一切，結果肯定還是一樣。

夏天結束後，我會回到自己家裡，也會回到學長理所當然不在身邊的日常生活。

我將會在那種日常生活中，回憶著與學長一起度過的夏天，就此感到滿足……

（又和當時一樣……）

在小學四年級的夏天，我認識了學長……認識了求同學。

在那之後的許多年……我一直靠著那段回憶活到今天。

不過，只能緊抓著那段回憶的我，就算真的與學長重逢了，也因為害怕破壞美好的回憶……而不敢採取任何行動。

我這個人肯定毫無成長。

向哥哥提出強人所難的要求，請他幫忙製造住進學長家的藉口，而我也真的成功住進學長家裡……度過了一段如夢似幻的美好時光。

即便知道這場美夢總有一天會結束，我還是一直不敢面對，就只會單方面接受學長、結愛姊與小璃他們的好意。

為了幫上學長的忙，我努力做了許多自己最擅長的家事。

不過，我完全沒有試著與學長培養感情……更不用說向他告白了。

我在這方面毫無作為……也不敢採取行動。

「好痛……！」

一陣刺痛從腳趾頭傳來，我忍不住蹲下。

因為勉強穿著木屐跑步，結果皮膚被木屐帶磨破，還流血了。

「我這個人還真是——」

已經完全搞不懂自己想要怎麼做了。

只知道自己在最後關頭搞砸了一切。

我再也沒有力氣站起來。

總覺得自己好像會就這樣消失不見——

「小朱莉！」

「啊……」

「太好了。我有一瞬間還以為自己跟丟了呢。」

學長放心地呼了一口氣。

「為、為什麼……？」

「咦？」

「煙火不是還沒放完嗎？」

「……妳這樣說我也是會受傷的。」

學長小聲這麼說，同時還蹲下來，溫柔地撫摸我的頭。

「妳突然跑掉，我怎麼可能還有心情繼續看煙火？想不到小朱莉竟然以為我是那種人。」

「啊……我沒有那麼想……」

「我也只是開個小玩笑罷了。妳心裡明明覺得很難過，我卻完全沒察覺。真的很抱歉。」

學長的聲音非常溫柔，讓我覺得更難過了。

明明只是我擅自陷入負面情緒，給學長添了麻煩……

「總之……小朱莉，不好意思，請妳暫時忍耐一下。」

「咦…………咦！」

學長先說了一聲後，就伸手繞過我的身體——然後我突然整個人浮了起來。

「咦咦咦！」

「抱歉。真的只要忍耐一下就行了。對不起！」

學長不斷向我道歉，同時把我整個人抱起來。

這、這不就是公主抱嗎！

我只能與學長四目相對，但又覺得羞到不行，只好趕緊用雙手摀住自己的臉。

「呃……記得我們過來時……小朱莉，再稍微忍耐一下喔。」

學長一邊這麼說，一邊邁出腳步。

煙火大會確實還沒結束，絕大多數的人都在觀賞煙火……但我還是想不到自己會在大街上被人公主抱！

好害羞，又很開心。自己竟然會感到開心，也讓我覺得很丟臉。

發現自己的腦袋已亂成一團，結果只能任憑學長把我抱著走。

「好了。小朱莉，我要放妳下來了。」

「啊……好的。」

……這段時間真的很短暫，加起來連一分鐘都不到。

學長溫柔地把我放在長椅上。

這裡是我們過來時曾經路過的小公園。

「那、那個……學長……」

「妳在這裡等一下。我去買ＯＫ繃回來。」

「咦，ＯＫ繃……啊……」

原來他發現我的腳磨破皮了……！

學長跑向公園外面的便利商店。

在他前往便利商店的時候，煙火還是不斷被發射到天上……我在這裡當然聽得到聲音，雖然會被樹木與建築物遮住視線，但還是稍微看得見煙火。

（學長剛才明明看得那麼開心……）

我想起學長看著煙火的表情，心裡就因罪惡感而感到痛苦。

我奪走了學長的快樂時光。

如果我能稍微忍耐一下……他現在就……

「小朱莉。」

「天啊！學、學長，你這樣會不會太快了！」

「因為我剛才全速狂奔啊。」

學長露出開朗的笑容，但臉上確實冒出了些許汗水。

而且他好像有點喘不過氣的樣子……？

「要是讓妳在這種時間獨自待在這裡，天曉得會有什麼樣的壞人過來騷擾妳。」

「那、那種事情……」

「還是有可能發生。」

他想也不想就這麼說，我覺得有點不好意思。

學長難為情地搔了搔自己的臉頰，同時打開剛買回來的ＯＫ繃包裝盒。

「啊，我自己來就行了——」

「沒關係。妳就這樣坐著吧。」

學長蹲下來，小心翼翼地碰觸我的腳。

光是想到心上人正在撫摸我的腳，就讓我有種雙腳變得敏感好幾倍的錯覺。

「這樣就行了。」

因為只需要把ＯＫ繃貼在被木屐帶磨破皮的地方，所以他很快就幫我包紮完畢。

雖然覺得學長不需要做到這種地步……但他還是幫我穿上木屐。

因為有ＯＫ繃墊在皮膚與木屐帶之間當緩衝，讓我覺得舒服多了。

「謝、謝謝學長。」

「不客氣。」

學長微微一笑……但很快就面帶憂愁。

「學長？」

「啊～我沒事……只是如果妳不需要用到這個，就當作是我多管閒事吧。」

在說出這句話的同時，學長拿出某樣東西——卸妝棉。

（啊！）

我趕緊伸手摸摸自己的眼角。

因為沒有鏡子，無法確認，但我剛才邊哭邊跑，還粗魯地伸手擦拭眼淚。

結愛姊特地幫我畫好的妝，現在肯定都糊掉了。

「對不起，我……！」

「我、我一點都不在意喔！不，其實我應該更貼心才對。我會稍微離開一下，妳可以自己用手機檢查看看。」

「好、好的……」

唉……為什麼我會這麼沒用呢……

我趁學長轉身時，用手機的後置鏡頭檢查臉上的妝……發現眼妝果然糊掉了。

雖然還不算是完全糊掉，但我身上沒有補妝工具，現在也只能把妝卸掉。

「謝謝學長……那我就不客氣了……」

「呃……沒關係啦……」

身後的學長尷尬地如此說道。

——今天的我可愛嗎？

啊啊，我剛才竟然還興奮地說出那種話。

穿著借來的可愛浴衣，還讓人幫忙畫妝……彷彿被人施了魔法，整個人變得充滿自信，而且情緒高昂。

不過，最後的鐘聲還沒響起，我就忍不住逃走了。

魔法還沒解除，自己就先搞砸一切……實在太愚蠢了。

「小朱莉。」

「學長……」

「妳可以慢慢來沒關係。不需要在意我，也不需要在意煙火。」

學長明明看不到我的表情，卻像是知道我在想些什麼，溫柔地這麼說。

「對、不起……」

不過，我果然還是做不到。

突然眼眶一熱，一陣鼻酸。

淚腺完全失去控制，眼淚根本停不下來。

我一邊卸妝一邊哭個不停。

「沒事的。」

「學長……」

「沒事的。妳不用擔心。」

學長應該還不知道我為何哭泣，也不知道我為何要逃跑，但他很在意這件事。不過，他還是什麼都沒問，就只是陪在我身邊。

這讓我覺得很開心……也覺得很過意不去。

「我已經沒事了。」

我使勁把鼻水吸回去，努力讓自己不再流淚。

臉上的妝已經完全卸掉了。我把用過的卸妝棉揉成一團放進束口袋，同時努力擠出笑容，對學長說出這句話。

「小朱莉……妳真的沒事了嗎？再——」

「我沒事了。學長，得先向你道歉才行。對不起，我不該突然自己跑掉。」

「這倒是無所謂啦……」

學長努力擠出這句話，感覺像是在嘆氣一樣。

「我該不會是做了什麼讓妳為難的事情吧？」

「咦？」

「當我看著煙火時……其實心裡一直想著其他事。所以妳突然跑掉的時候，才發現自己搞砸了……我很擔心自己是不是讓妳覺得不舒服。」

想著其他事？學長看煙火的時候，也跟我一樣感受到了什麼嗎？

我覺得有些在意，想開口問個清楚——但學長搶先一步輕輕搖了搖頭。

「抱歉，我又只顧著自己。難得妳邀請我參加煙火大會……」

學長一邊這麼說，一邊對我露出微笑。

不過，那種笑容看起來好像有些痛苦，一副隨時都會哭出來的樣子……讓我再次感到眼眶一熱，很自然地握住學長的手。

「啊……」

「我、我……」

不要。我不要這樣。

不只是我，學長心裡也有某種煩惱。

然而，我只會給學長添麻煩，總是讓他幫忙分擔煩惱……！

我想幫學長排解心中的痛楚。

想給他一個擁抱，也對他說出「沒事的」這句話。

可是……！

「小朱莉，謝謝妳。」

「……咦？」

「我真的很沒用，總是讓妳操心……不過，不用管我。妳的事情比較重——」

「不可以！」

「……咦？」

「你的事情才沒有不重要呢！請不要這樣壓抑自己的心情……」

唉……為什麼我會這麼笨拙呢？

只會直接說出自己的想法。

先逃走的人是我。給學長添麻煩的人也是我。

沒資格說出這些冠冕堂皇的話。

這些我都明白。

不過……如果我什麼都不做，我們倆肯定會對彼此築起心牆，與對方保持距離，真的就這樣永遠分開……

所以，我——

「我只是覺得很寂寞！」

決定乾脆說出自己的所有想法！

「咦……！」

「因為我們明天就要分開了！我非得回家不可！這場煙火大會就是我們兩個還能在一起的最後時光，所以才會想要盡情享受……留下最棒的回憶……」

不可以。我不能哭！

「可是，我不想讓這段時光……變成回憶……因為這是我們兩人一起度過的特別時光……」

明明……不該哭出來的。

「一旦煙火放完，這個夏天就結束了……這讓我不想看到煙火放完，心裡覺得很痛苦……很寂寞……」

「所以……妳就逃跑了嗎？」

聽到學長這麼問，我點點頭。

眼前的景象已經變得模糊，什麼都看不見。

「我是不是很傻……這麼做明明毫無意義，就只能毀掉這段快樂的回憶，而且還給你添了麻煩……」

「妳才沒有給我添麻煩喔。」

「明明就有！因為你看起來一直很開心！如果我沒有逃走，我們現在也還在一起看煙火，兩個人都能面帶笑容……！」

從遠方的天空傳來煙火接連盛大綻放的聲音。

那肯定就是最後一波煙火。

換句話說……這場煙火大會已結束。

我的夏天也結束了。

「我……我……」

這真是太悲慘了。我只不過是在自暴自棄罷了。

因為不喜歡這種互相顧慮的狀態，就單方面說出自己壓抑在心底的想法。

可是，我又不敢說出最重要的那句話。

好想就這樣消失不見。

若可以跟煙火一樣盛大地炸開，然後就這樣從世界上消失，我就能輕鬆多了。

到頭來，我只是給學長添麻煩罷了。

他這次肯定會對我感到失望……不，他說不定會覺得我很麻煩，開始討厭我——

「……咦？」

我的思緒硬是被人切斷。
這件事發生得太過突然，我只能茫然地叫出來。
因為……因為……
學長緊緊抱住了我。
「學、長……？」
「……如果妳不喜歡這樣，就把我推開吧。」
被學長抱在懷裡，看不到他的臉。
可是他那緊張到了極點，勉強從喉嚨裡擠出來的聲音，還是讓我感到一陣心痛。
「其實我也一樣。」
「……咦？」
「當我看著煙火時，心裡也想著跟妳一樣的事。希望這段時間不要結束。」
學長抱著我這麼說。
他的語氣非常認真……而且毫無保留，絲毫沒有讓人懷疑的餘地。
「對我來說，與妳一起度過的這一個月，真的是無可取代的寶物。我很開心，也覺得很溫暖……真的就像一場美夢。」
「原來你也這麼覺得嗎……？」

「當然是啊。」

學長點了點頭，對我露出微笑。

確認我冷靜下來以後，他慢慢地放開我。

「我還是初次體驗大學生活，也是頭一次獨自生活，許多事情都不曾經歷，也不曉得該從何處下手……只知道乖乖去大學上課，還決定試著去打工。光是要把眼前的事情做好，就讓我費盡心力了。」

雖然學長如此自嘲，但是在我這個不曾獨自生活的傢伙眼中，這樣其實已經很了不起了。

就算沒有我在身邊，學長肯定也不會有問題。

「不過啊，自從妳來到我家之後，這種生活就變得截然不同了。」

「我……？」

「剛開始當然嚇了一跳，也覺得莫名其妙。因為妳用那種亂七八糟的理由來到我家，而且當天就住下來。如果我說不曾覺得麻煩，那肯定是騙人的。」

「嗚……！」

「不過……也只有剛開始的時候是這樣。」

學長說得好像很懷念的樣子。

他的眼神非常溫柔。光是看到那種眼神，就能感受到他的心情……心臟也跟著猛然一跳。

「不是因為妳會做家事這種出於理性的理由，該怎麼說呢……因為妳陪我度過了這段時間。在這段充滿未知體驗，而且讓我手忙腳亂的生活裡，我跟妳看到了同樣的景色，一起煩惱同樣的問題，有時候是妳帶領著我，有時候又是我帶領著妳……光是有妳在身邊，就讓那些未知的體驗全都變得非常愉快，令人雀躍不已……傷腦筋，我也不知道該怎麼說才好。」

學長說得有些吞吞吐吐，卻誠實說出了他的真心話。

「就是因為這樣，雖然我覺得煙火非常漂亮，也發自內心慶幸今天有來參加這個活動……但只要想到這是今年夏天最後一場活動，心裡就覺得很寂寞。剛才聽到妳的心聲，讓我發現原來我們有著同樣的心情，就覺得有點開心……不對，都害妳哭了，我怎麼可以覺得開心呢！」

學長先是露出溫柔的笑容，但又發現自己說錯話，馬上換成慌張的表情……看到他的表情變來變去，讓我明白這些話並非事先想好，而是他頭一次說出口的真實想法……而且還是為了我。

（啊啊，我果然很喜歡這個人。）

學長就是這麼認真與溫柔……但也同樣笨拙。尤其是遇到與自己有關的事情時，他真的相當笨拙。

打工的時候明明就能完美地接待客人，回到家裡卻會不小心躺在地板上睡著。早上一起出去跑步時，他只會注意我有沒有補充水分，結果自己總是經常忘記喝水。

當我心裡難過的時候，他會像這樣來到我身邊，用溫柔的話語安慰我。

連我自己都沒有發現的「願望」，學長也總是會為我實現。

那種人根本不存在。

全世界就只有學長一個。

所以我才會喜歡上他。最喜歡他了。

早在我們初次相遇的那一刻，這件事就再也不曾改變。

我絕對……絕對不想讓這段感情就此結束。

想要永遠待在他身邊。

想成為他的特別之人。

希望學長心裡也只有宮前朱莉這個人。

「學長……」

我幾乎是下意識地這麼做。

我拉起學長的手，握住他的臂膀。

「小朱莉？」

學長露出感到不可思議……不對，應該是有些動搖的表情，疑惑地叫我的名字。

「學長……求學長……」

說吧。我必須說出來才行。

因為這是最後的機會了。

我現在明明感到如此心痛……實在無法什麼都不做。

我喜歡學長……沒錯，我必須這麼告訴他才行。

「我……學長，我……」

話語與氣息都卡在喉嚨，讓我十分難受。

為什麼？為什麼說不出口？

明明只需要說出四個字，告訴他「我喜歡你」就行了。

——不過，如果我說出這句話，一切都會改變。

……所以我才無法說出口，就這樣一直拖到今天。

全世界就只有一個學長。如果我向學長告白，也有可能遭到拒絕。

他可能會說，其實他沒把我當成戀愛對象。

我覺得自己就像在一片黑暗中前進。

如果往前直走，前面有可能就是懸崖，我說不定會摔進萬丈深淵。

如果感到畏懼，只敢站在原地發抖，至少還不會落入那種結局。

雖然這樣就無法前進，但至少還能活下去，不需要失去生命。

（我一直……都是這樣……）

不管是在海邊自稱是學長老婆的時候，還是撈金魚攤販的老闆誤以為我是學長女朋友的時候，我都是這個樣子。

總是告訴自己，反正那些都是謊言，就算說了也沒關係，藉此讓自己覺得好過。

不過，正是因為那些話都是謊言，也讓我變得更難說出自己的真心話。

（只會幫自己找藉口……）

我很明白。

自己只是用「害怕」兩字來帶過這一切。

現在肯定是能向學長告白的最後機會了。

我知道現在不是害怕的時候。

那種事很久以前就知道了。

說不定還有其他人也跟我一樣喜歡學長。

當我躊躇不前的時候，某人很可能會趁機接近學長——

（小璃……結愛姊……）

彷彿看到自己崇拜的出色女孩，站在學長身邊的幻影。

（不要……我不要那樣……！）

即便她們是我最好的朋友與恩人，我也不想退讓。

希望站在學長身邊的那個人是我。就算別人說我任性也絕不退讓，所以……！

（說吧。快點說。非說不可。必須勇敢說出來——）

「小朱莉。」

「唔……！」

學長呼喚我的名字。

「抱歉，我不知道妳打算說些什麼。不過，看妳好像很痛苦的樣子。」

「啊……」

學長溫柔的話語，讓我感覺心裡那股衝動冷卻下來了。

「妳不需要勉強自己。雖然我心裡確實很在意……但妳真的不用急著說出來。」

「唔……！」

不行了。

不光是剛才那股衝動，還感覺到自己變得全身無力。

又一次錯過機會了。

這樣我一輩子都——

「不過，我也沒資格這麼說妳吧。」

「……咦？」

「其實我也有些話必須告訴妳。」

「有些話必須告訴我……？」

「啊～不對，其實也不是必須告訴妳，應該說只是我想告訴妳罷了……啊～！

不行，我的腦袋好像也亂成一團了……」

學長抓了抓自己的頭髮，像是要讓自己冷靜下來一樣，做了好幾次深呼吸。

然後……他再次轉頭看過來，筆直地注視著我——

「小朱莉，我……喜歡妳。」

從遠方的天空，傳來了煙火綻放的聲響。

第6話

我和小朱莉的故事

「小朱莉，我……喜歡妳。」

我說出這句話的同時，原本以為早就放完的煙火，又再次被射到天上發出聲響。

就算離得很遠，也能聽見煙火不斷炸開的聲音。

就和演唱會的安可曲一樣，這應該是最後一波煙火放完後，經過短暫停頓才再次發射的真正最後一波，而且還是毫無保留的究極連發煙火……吧。

（這、這也未免太不湊巧了吧……！）

雖然漫畫裡經常會有那種，某人說出最重要的那句話，卻碰巧被某種雜音蓋過去的老套劇情，但我實在沒想過那種事真的會發生在自己身上！

怎麼會這麼倒楣……等等，說不定這其實不是壞事。

其實我原本並不打算告白。

本來覺得自己應該把這份感情藏在心裡，讓這個夏天就這樣結束。

可是……我剛才坐在這張長椅上跟小朱莉聊天……又看到她的樣子，讓我改變了想法。

雖然毫無根據，但我覺得這麼做是不對的。

——學長……求學長……

小朱莉有話想告訴我，還為此陷入煩惱與糾結……看到她那痛苦的模樣，我無法不為所動。

想要告訴她——深藏在我心裡的情感如此呼喊。

更何況，讓我有這種衝動的人，正好又是我的心上人。

（……不過，剛才那種情況還是太離譜了吧！）

人總是在事情發生後才會後悔。

就算我要向小朱莉告白，剛才也實在太過缺乏準備，做得很笨拙。

而且我還完全無視於她本人的意願！

畢竟還不曉得她打算對我說些什麼，或許根本不該在這種時候向她告白！

……說不定讓煙火的爆炸聲蓋過我的告白還比較好。

可是——

「咦……等等！咦……！」

小朱莉先是一臉茫然地愣了一下……不過她很快就表現出動搖的樣子，眼神到處亂飄。

雖然這也是理所當然的事，但看來剛才那陣碰巧響起的煙火爆炸聲，還不足以完全蓋過我的告白。

「學、學長，你剛才說喜、喜歡……！」

小朱莉彷彿退化成幼兒，突然變得不太會說話。

即便在黑夜之中，也能清楚看到她的臉紅透了，而且還一副心慌意亂的樣子……

我、我該如何是好？

「呃……抱歉。我好像——」

「你說你喜歡我對不對！」

「是、是的！」

「原來學長喜歡我嗎！」

小朱莉睜大眼睛，把身體靠向這邊，還突然大聲叫了出來。

「不、不敢相信……為什麼？這是什麼時候發生的事情……？啊！這該不會是夢吧！我是在作夢嗎！沒錯，只有這種可能性了……我肯定隨時都會醒過來。住在學長家……不對，這個夏天肯定只是一場夢，我會在自己床上醒來，對這件事感到沮喪，並且接受這個事實，然後懷著馬上睡回籠覺說不定就能繼續作夢的想法，再次躲進被窩裡……沒錯，絕對是這樣！」

「小、小朱莉，妳冷靜一點！」

雖然她說話的速度很快，無法把這段話全聽清楚，但我知道她現在心裡已經亂成一團。

甚至連我都要跟著緊張起來了。

「我只能說，妳絕對不是在作夢！」

「就算你這麼說，我也不敢相信啊！」

「這樣說也不行嗎？」

不然還能怎麼說啊！

「你說這不是一場夢……對了，只要捏臉頰就能確認！」

「不行！我以前也曾經聽從『捏臉頰會痛就是在作夢』這種說法，試著捏了捏自己的臉頰確認，但有好幾次都是明明捏了會痛，結果後來才發現自己真的在作夢！」

我也有過這種經驗。

會遇到那種現象，可能是因為我在睡夢中真的捏了自己的臉頰，要不然就是其實根本不會痛，那種痛楚只是錯覺——不對，那種事情根本不重要！

「……妳在做什麼？」

「窩還四想捏捏看。」

小朱莉捏了捏自己的臉頰，而且相當用力。

她的臉頰拉得很長，甚至連說話都受到影響……這樣當然不可能不會痛，她的眼角冒出了淚水。

「很痛吧？」

「對……」

小朱莉突然放開手，然後揉了揉自己的臉頰。

她不惜做到這種地步，也想證明這只是一場夢嗎？還是說，她想證明這不是一場夢呢？

「可是，這樣還無法確定我不是在作夢……」

「……不過，只要還沒醒來，就不算是在作夢不是嗎？」

「咦？」

「就算這真的是一場夢，也只需要等到清醒後再來煩惱。反正夢遲早都會醒。」

其實只是懶得思考這個問題罷了，但我當然不會這麼告訴她。

「可、可是……」

「更何況，如果妳期待這只是一場夢，結果卻是現實，到時候不是會受到更大的打擊嗎？」

我覺得自己好像打太多預防針了……

既然她希望被我告白只是一場夢……那我也明白了。

「說得也是……假如醒過來就是一場夢。只要還沒醒就不是夢……」

小朱莉把我說過的話又複誦一遍，就像是要自我催眠一樣。

話說回來，倘若她真的以為這是一場夢，我反倒會很驚訝……

「這不是一場夢……這不是一場夢……可是，這根本不可能啊！」

「怎、怎麼說？」

「因為……如果這不是一場夢，那你說喜歡我就是事實了……你該不會是在開玩笑吧？」

「……我才不會開這種玩笑喔。」

「就算你說喜歡我，也可能只是朋友之間的喜歡……」

「…………」

看來我是沒希望了吧。

就算毫無戀愛經驗，也還是看得出來。

既然對方不把我的告白當成一回事，就代表我出局了。

「唉～～～」

「學、學長，你怎麼嘆了這麼大一口氣……？」

「沒事，妳不必放在心上。我只是體認到自己有多沒用罷了……」

這大概就是所謂失戀的傷痛吧。

不過，我的心意根本沒有傳達給她，連自己是否有站上起跑點都不確定。

可是，這應該算是我的問題吧。

畢竟小朱莉也還沒做好心理準備，在這種情況下突然對她說「我喜歡妳」，也不知道能否算正式的告白。

舉例來說，如果要正式告白……應該要先在看得見夜景的餐廳，與對方一起享用晚餐之後……之類的？

然後一邊說著「今天玩得開心嗎？」享受茶餘飯後的閒聊，一邊拿出藏在胸前口袋裡的戒指——等等，這樣根本是求婚吧！

……總之，告白不應該是一時衝動的行為。

應該做更多準備，還要考慮到對方的心情，並且正確傳達自己的心意。

而這些事情我全都沒有做到。

「……我們差不多該回去了吧。」

如果有辦法告訴她「我剛才說的喜歡，是戀人之間的喜歡」就好了，但總覺得提不起勁。

不能繼續逼迫小朱莉接受我的心意。

沒錯。反正我本來就不打算告白，既然沒有得到明確的答覆，還不如乾脆——

……當我暗自想著這種沒出息的藉口，準備起身離開的時候——

一股力量阻止了我。

某人使出全力，緊緊抓住我的手臂。

那人當然就是我身旁的小朱莉。

「難、難道說……雖然覺得機會渺茫……但你說的『喜歡』該不會就是那種意思吧……？」

小朱莉抓著我的手微微顫抖，還露出泫然欲泣的表情，抬頭仰望我。

「因、因為……我完全無法想像……學長竟然會主動說喜歡我……」

「咦？」

「我當然想把這當成一場夢！想把那句話當成是在開玩笑，也想認為你是說朋友之間的那種喜歡！因為……我不敢把事情想得那麼美好……！」
她說不敢把事情想得太美好。
也就是說……！
「我、我也……」
小朱莉就這樣抓著我的手臂站起來。
一步一步走向我——最後緊緊抱住我。
然後——

「學長，我也喜歡你！」

就算煙火在這時候爆炸，我也絕對不會漏聽這句話。
絕對無法把這句話當成玩笑，也沒辦法誤會其中的意思。
因為她說出這句話的時候，就是灌注了如此多的心意。
「小朱——」
「我喜歡你！喜歡學長！喜歡！最喜歡你了！你是我在這個世界上最喜歡的人！
我愛你！我是真心的！」

「小朱莉！妳先冷靜下來！」

小朱莉像是潰堤的水壩一樣，不斷對我訴說告白的話語，讓我拚盡全力阻止她。

「原來我們是兩廂情願！好耶！」雖然原本應該為此感到開心，但我現在更是必須拚命站著，免得不小心真的被她推倒。

「天啊！我說出來了！真的向學長告白了！」

「是、是啊……儘管有點驚訝，不過我確實收到妳的心意了。」

我會這麼驚訝，是因為原本以為是我在單戀小朱莉，也是因為她現在所展現出來的熱情。

光是第一個原因，就已經很驚訝了。

「不管你對我的喜歡是哪一種都無所謂了！既然你親口說出『喜歡我』這句話，應該可以算是你點頭答應了吧！」

小朱莉的雙眼閃閃發光，情緒變得十分激動，嘴巴一直說個不停。

而我只能就這樣聽她說話——

（唉，結果她還是不肯相信啊……）

想到自己的告白果然還是沒被當真，不禁感到有些沮喪。

過了幾分鐘之後——

「…………」

「…………」

我們兩人保持著微妙的距離，並肩坐在剛才那張長椅上。

莫名尷尬的氛圍籠罩著我們。

剛才那種激動的情緒消失無蹤，小朱莉羞怯地縮起身體。

然而只要偷偷觀察她的表情，就能看到她嘴角微微上揚……看得出來很開心。

相較之下，我……則是覺得毫無真實感。

因為看到小朱莉那麼興奮，好像反倒讓我冷靜下來了……

現在反而是我在懷疑自己是不是在作夢。

對我來說，這種狀況就是如此令人意外。

（不過，原來我們是兩情相悅啊……這點應該錯不了吧……）

我喜歡小朱莉，而且她好像也喜歡我……

這就是所謂的兩廂情願，而且無庸置疑！可是——

（那我接下來到底該怎麼做啊！）
到頭來還是得解決這個問題。
我告白了，也聽到女方的答覆。結果我們是兩情相悅。
可是接下來……到底該如何是好！
「…………」
「…………」
小朱莉應該也在思考同樣的問題吧。
我們已經確認過彼此的心意，但這樣好像反倒讓人無所適從。
「先、先……回去吧？」
「說、說得也是呢！」
我們就這樣保持莫名浮躁的心情，決定先回家再說。
這完全就是一個權宜之計。

◇◇◇

雖然很擔心小朱莉擦破皮的腳，但ＯＫ繃的保護效果好像還不錯，她踩著輕快的步伐，走在通往車站的路上。

「啊，呃……對了，妳等一下是不是還要去『結』還浴衣？」

「對、對啊，畢竟我原本的衣服還寄放在那邊，結愛姊也同意我去還衣服了！」

「原來如此，我明白了。」

「啊……不過，我自己一個人過去就行了。」

「我跟妳一起去吧。畢竟夜也深了。」

「你……你說要**跟我一起**……」

「嗚……！」

雖然我不是那個意思，但這句話對現在的我們而言有著特殊的意義。

話說回來，我們……算是在一起了嗎？

已經向彼此告白，然而還沒討論到要不要交往的問題。

如果我們都喜歡對方，是不是就算在一起了呢？

這就跟兩個人交情變好，就會在不知不覺中自動變成朋友一樣。

（不知道昴又是怎麼交到女朋友的呢……）

早知道當初就跟他問個清楚了。

不過，要是真的問了，應該會被他大肆嘲笑，不然就是被他故意捉弄吧。

現在最確實的做法，應該就是直接問小朱莉：「我們這樣算是在一起了嗎？」

不過，老實說現在好像不是問這個的時候。

我記得我們來這裡的時候好像有牽手，但現在別說牽手，我們走路的時候甚至還隔著剛好能塞進一個人的距離。

該怎麼說呢……反正氣氛很尷尬。

「啊，對了！這兩個孩子要怎麼處理呢！」

「這兩個孩子……？哦，妳是說那兩條金魚嗎？」

「是啊，我就是說小金跟小玉！」

「這個嘛……讓我想想……」

雖然發生了不少事情，小朱莉剛才撈到的金魚們，依然在她手上的塑膠袋裡悠閒地游泳。

「如果妳要帶回家養，應該很困難吧？」

「可是，也不忍心丟掉……而且牠們還是見證人……」

「見證人？」

「就、就是我們兩個的……」

「哦、哦……」

小朱莉愈說愈小聲，我也自動避免說出「喜歡」這兩個字。因為要我再說一次實在有些難為情……不，其實超級難為情。

「那就讓我來養吧……不過，老實說我沒什麼信心耶……」

「畢竟聽說要照顧金魚還挺困難的。」

其實也不是困難，只是應該有很多人都跟現在的我們一樣，在參加祭典時撈到金魚，結果不知道該如何處理吧。

不過，畢竟小朱莉對這兩條金魚很有感情，甚至還幫牠們取了名字，我也不忍心做太過殘忍的事——

「那先去跟結愛姊商量看看吧。」

「你是說結愛姊嗎？」

「她以前曾經養過熱帶魚……還跟我炫耀過那些魚活了很久，說不定可以給我們不錯的建議。」

「原來如此……看來結愛姊真的是個萬能超人呢……」

「嗯，她真的無所不能，厲害到讓人不爽的地步呢。」

小朱莉現在身上那件浴衣，好像也是結愛姊幫她穿上的，儘管剛才發生了不少事情，卻完全沒有亂掉。

要是浴衣在她跑步的時候亂掉，那我就要傷腦筋了。因為不知道該怎麼幫別人穿浴衣。

「最後說不定會是由我負責養這兩條金魚，不過……我會努力的。」

「嗯……對不起。」

「不，妳不需要道歉！畢竟我也覺得撈金魚很好玩！」

因為這兩條金魚讓我看到小朱莉美麗的笑容，所以我也得讓牠們度過快樂的人生……不，是魚生才對。

不過，多虧了這個話題，讓我覺得氣氛變得不再那麼尷尬。

畢竟我已經向小朱莉告白，而她也說喜歡我……雖然這個事實並沒有消失，卻害得過去那種舒服的距離感不復存在，讓我覺得很難過。

只要我們的關係可以慢慢改變就行了。

我再次這麼想——

「學長為什麼會喜歡上我呢？」

「噗——！」

就在這時，她再次提起這個話題！

「妳怎麼會突然問起這個！」

「一點都不突然好嗎！因為我一直很在意，也一直在找尋開口的時機！」

她是說現在就是那一刻嗎……？

我們兩個的想法似乎完全不同呢。

「不過，我也知道自己提出了相當強人所難的要求！可是，俗話說得好，只要熱湯過了喉嚨，就不會覺得燙（註：原文是「喉元すぎれば熱さを忘れる」，有忘恩負義的意思，但小朱莉想說的卻是「只要勇敢把話說出口就行了」）。」

「這句俗話好像不是那種意思……」

話說回來，這個問題還真是尖銳。

我喜歡上小朱莉的原因啊……

「完全想不明白。我現在覺得很開心，但也覺得很不安……因為雖然一直希望你能喜歡上我，但也覺得這件事不可能成真，所以……」

儘管說得吞吞吐吐，小朱莉還是不斷說出心裡的想法。

而且她在說到一半的時候，還好幾次停下來，斟酌著該怎麼說——

「我想繼續做個你會喜歡的人。因為……希望你能繼續喜歡我。」

聽到她說出這種笨拙的話語，我的心臟猛然一跳。

（真、真是太可愛了……！）

就算我忍不住冒出這種感想，應該也沒人會指責吧。

這句話本身就不用說了，不管是聲音、舉止，還是她給人的感覺……全都可愛到犯規的地步。

而且她不只是可愛，只要想到這一切全是為我存在……就讓我心動不已。

可是……

「妳不需要刻意配合我喔。」

「咦？」

「在我們同居的這一個月，我早就見識過妳的各種面貌……就算要我選自己最喜歡的那一面，也無法做出選擇。就算妳真的有我最喜歡的那一面，也不希望妳一直保持那樣不變。」

我會發現自己喜歡小朱莉，都是因為聽到實璃那番話。

可是，她讓我喜歡的地方實在太多了。

燦爛的笑容。

只要開心就會失控的個性。

吃東西的時候，總是吃得津津有味的樣子。

有時候不經意露出的成熟表情。

那種天真爛漫，總是讓身邊的人忍不住露出笑容的特質。

意外地愛哭，無法完全隱藏自己弱點的個性。

總而言之，我就是喜歡她的一切。

雖然這種說法很廉價也很幼稚，卻是最正確的說法。

把我至今見識過的每一面，以及還未知曉的每一面全部結合起來，才是宮前朱莉這位女孩。

「妳只要做原本的自己就夠了。不管是妳討人喜歡的地方，還是讓人覺得無趣的地方，我全都喜——」

「喜？」

「嗚……！」

「喜？你要說什麼呢？後面要接哪個字啊？」

「我……我是要說喜歡啦。」

我鄭重其事地說出「喜歡」這兩個字，而且還是在她的催促之下……想不到這居然會這麼令人害羞！

「欸嘿……欸嘿嘿嘿嘿嘿！」

小朱莉傻呼呼地笑了出來。

「啊……！不、不對，我沒有在偷笑……欸嘿。」

可是，她好像也覺得自己這樣不太妥當，很快就重新板起臉孔……但又忍不住再次笑了出來。

就連她的這種反應，都讓我覺得非常迷人。難不成這就是所謂「喜歡上就輸了」嗎？

仔細想想，自從小朱莉來到我家以後，她好像一直都是這樣。

對別人的讚美毫無抵抗力，很容易就能讓她心情變好，也很容易得意忘形……而這當然是她的優點。

「學長！學長！」

結果小朱莉直接放棄隱藏笑容，往我這邊靠近一步。

「既然你都回答了，那我也來說說自己有多喜歡你！」

「呃……不，不用了。」

「咦咦！為什麼呢！」

小朱莉發自內心感到驚訝地叫了出來。

畢竟剛才那段對話就讓我那麼害羞，要是我們角色對調……自己肯定會害羞到快要死掉。

而且她還若無其事地把問題從「喜歡的理由」換成「喜歡的程度」！

這讓我有種好像衝過頭的感覺，心裡有種不好的預感……！

「妳、妳先別急，這個話題我們以後還有機會慢慢聊……」

「這樣太過分了！竟然在這種關頭吊我胃口！」

「可是，要是繼續說下去，我肯定會承受不住……」

「怎麼這樣……」

小朱莉不滿地噘起嘴唇，還瞇起眼睛瞪著我。

「那麼，沒關係。我就擅自說給你聽！」

「咦！」

「如果你不想聽，只要摀住耳朵就行了。不過我會大聲喊出來，讓聲音穿過你的雙手！」

「這樣會吵到別人吧！算、算我認輸！我聽！聽就是了！」

「咦～你就這麼想聽我說嗎？」

她竟然硬是反轉我們兩個的立場！

「我、我很想聽。」

「真拿你沒辦法呢～♪」

小朱莉看起來非常開心的樣子，快步跑到我面前。

然後，她做出要我稍微壓低身體的手勢，迅速往我這邊靠過來。

「嗚……！」

「欸嘿嘿，偷偷告訴你喔～」

因為她把嘴唇貼到我的耳朵旁邊，讓我們之間的距離近到幾乎要抱在一起。

小朱莉把臉頰靠在快要碰到我的地方，讓我同時感受到她的體溫與氣息……天底下根本沒有人不會為此臉紅心跳！

「說到我有多麼喜歡學長……」

然後小朱莉稍微停頓了一下，讓話語中飄散些許緊張感——

「那就是我甚至願意為了你，過來當五百圓負債的抵押品♪」

她終於說出這個祕密。

（啊哈哈……原來如此。）

我一直覺得很不可思議，在腦海中思索過無數次，卻始終找不到答案的疑惑，終於得到解釋。

換句話說，早在小朱莉來到這裡的時候，就一直喜歡我了。這就代表昴應該也是共犯吧。

這讓我變得更不敢去見他了。

「啊……不過，我只願意到你家用身體抵債喔！就算你跟別人借了錢，我也不會去別人家裡用身體抵債！我會待在你身邊，跟你一起努力賺錢還債！」

「那、那就好。妳還真是可靠呢。」

「欸嘿嘿……」

小朱莉露出傻呼呼的笑容，然後順勢緊緊抱住我。

她的身體既溫暖又柔軟，還有著好聞的香味……等等！

「小朱莉，這裡是大街上耶！」

「討厭啦……現在說這個有意義嗎？」

「當然有啊！」

小朱莉再次不滿地噘起嘴唇，但我硬是與她分開，重新踏上歸途。

煙火帶來的喧囂早已完全平息下來，而我們兩人就這樣手牽著手……仰望恢復平靜的夜空。

第7話 關於我朋友的妹妹不再只是「朋友妹妹」這件事

後來，我們再次搭乘電車，回到咖啡廳「結」。

雖然可以在遠離會場的地方舒適地觀賞煙火，但因為電車班次與路線的問題，回程時還是必須經過離會場最近的車站，而乘客就在那一站大量湧進來……讓車廂裡變得比過來的時候還要擁擠，實在是非常難受。

那可能是我們今天最累的時候。

「嗚……幸好她的浴衣沒有亂掉……」

「呵呵，辛苦你了。」

為了脫下浴衣，小朱莉很快就被帶到樓上。我則是坐在店裡等她，享用著店長沖泡的冰咖啡歐蕾（員工優待價）。

「求，你們在煙火大會玩得開心嗎？」

「很開心。伯父你們又是怎麼度過的？」

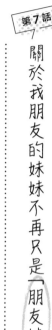

「我們全家人在店裡聽著放煙火的聲音，一起度過了悠閒的時光喔。」

「這樣啊……伯母也回來了是嗎？」

「嗯。她下班後覺得很累，已經到樓上休息了。現在說不定正忙著跟結愛一起幫小朱莉脫浴衣。」

「啊哈哈，原來如此……」

我腦海中清楚浮現那樣的光景。

不過，既然她下班回來覺得很累，應該不會特地下樓吧。

我就這樣與伯父閒聊，在店裡等了十幾分鐘。

「學長，讓你久等了！」

小朱莉穿著便服回到店裡。

「辛苦了。妳已經變回原本的樣子了呢。」

「欸嘿嘿，魔法完全解除了喔。」

「魔法？」

「沒事，我亂說的！」

雖然覺得一頭霧水……既然小朱莉做好回家的準備，我也不好意思在這種時間繼續打擾人家。

「那麼，伯父，謝謝你的招待，我們差不多該走了。」
「嗯。後天見。」
「好的。」
我明天要去幫小朱莉送行，所以沒有排班。
不過後天開始就要努力工作，把之前請的假全都補回來。
「咦？小朱莉，妳的金魚呢？」
「啊，其實我跟結愛姊商量過這件事了——」
「最後決定暫時把金魚寄放在我這邊喔！」
結愛姊猛然打開通往樓上的門，就這樣走出來。
時機也未免太剛好……她該不會一直都在等待時機吧？
「求，你那種驚訝的表情是什麼意思呀？」
「……沒什麼意思。話說回來，妳說要暫時寄放在妳那邊是什麼意思？」
「因為金魚是一種很纖細的生物，剛開始飼養的那段時間最為重要，所以我會幫忙照顧幾個星期。不過，之後就得由你來接手了喔。」
「我來照顧是嗎……也好，這算是最好的辦法了吧。」
「很好，算你懂事！放心，我會給你多餘的飼養道具，要是有不懂的事情也可以隨時問我。」

雖然她貼心過頭反倒讓我畏懼，現在還是乖乖接受她的好意吧。

飼養生物畢竟是件大事，把這個責任丟給結愛姊，果然是不對的。

「學長，對不起。還麻煩你幫我照顧金魚……」

「沒關係啦。反正求這個人沒什麼興趣，這也是個好機會。」

「被妳這麼一說，我確實無法反駁。小朱莉，結愛姊說的都是事實，妳可以不用放在心上。」

「……我知道了！」

小朱莉稍微想了一下，然後使勁地點了點頭。

金魚的問題也暫時得到解決之後，我們就離開咖啡廳「結」了。

◇◇◇

「好耶！終於到家了～！」

小朱莉才剛進到我家，就整個人徹底累癱了。

脫掉鞋子後，她就這樣開始小跑步……最後整個人撲到我床上。

「喂……！」

「哇，是學長的味道耶……」

「小、小朱莉！」

也許是真的很累吧。小朱莉就這樣躺在床上，露出想睡覺的恍惚表情。

「……總之，先來幫她鋪棉被吧。」

因為不好意思把她硬拉起來，我只好暫時放著她不管，先把矮桌收起來，在地板上鋪好棉被。

「小朱莉，要睡來這邊睡。啊，要不要先去沖個澡？應該也流了不少汗吧……」

「嗚……我要去洗澡……學～長……」

「好好好。」

小朱莉舉起自己的手，像是在說她沒辦法自己爬起來一樣。於是我抓住那隻手，把她拉起來。

雖然她順勢倒進我懷裡，讓我心裡小鹿亂撞，但對方畢竟是個昏昏欲睡且毫無防備的女孩。

我不能胡思亂想，絕對不行……好，冷靜下來了！

「來，快站起來。妳還走得動嗎？」

「我站得起來……也走得動……」

小朱莉還是一副昏昏欲睡的樣子，就這樣靠著我的身體，搖搖晃晃地邁出腳步。

即使有點擔心她會不會在浴室裡突然倒下，但我還是不敢跟進脫衣間裡面……

「對了，那換洗衣物——」

「啊……我會跟明天要寄的行李一起寄過去，妳要另外裝起來喔……」

「啊……我知道了。」

就算累到快要睡著，小朱莉也還是一樣精明。

看著她走進脫衣間後，這次換我累癱在床上。不過，總覺得自己不該躺下去，只敢把床鋪當成椅子坐。

「啊～累死了……」

今天真的發生了許多事情。

就某種意義來說，這可能是今年夏天發生最多事的一天。

我們去參加煙火大會，還不小心被那種氣氛影響，就這樣向對方告白，結果竟然是兩情相悅……而且小朱莉八成是從來到我家的那時候，就一直喜歡著我……

（總覺得很不真實。）

那麼可愛的好女孩，就算是條件比我好的男生，也都能任她挑選，她卻從我們兩人幾乎毫無交集時，就一直暗戀我。就算這只是一場夢，也實在太不合理了。

「……好痛。」

我決定先效仿小朱莉，試著捏了捏自己的臉頰。

結果當然很痛，而且也沒有要從夢裡醒過來的跡象。

「仔細想想，她剛來這裡的時候……好像就曾經對我展開攻勢了呢。」

小朱莉剛來到這裡時，就一直非常興奮，給我一種努力過頭，結果都在白費力氣的感覺。

不過那並不是壞事，反倒讓我感受到她的努力，也是因為她當初那麼積極，我們才能很快就變得親近。

雖然她現在早就沒那麼興奮，很少給我當時那種感覺了，但這樣反倒讓我覺得她已經適應這種同居生活，也覺得跟她在一起就能得到心靈的平靜。

「果然還是會覺得寂寞呢……」

到了明天晚上，她就不在這裡了。

而且就算到了後天、下個星期或是下個月也是……

（我真的有辦法繼續過活嗎？）

小朱莉早就澈底占據我的生活，我甚至不由得冒出這種想法。

糟糕，真的開始感到不安了。怎麼辦？應該先做什麼才好？

「唉……真傷腦筋……」

「學長……」

「嗯……」

小朱莉不知道在什麼時候來到我身旁。

「呵呵……」

她緊緊抱著我的手臂，臉上露出魅惑的笑容。

「看招！」

「哇！」

小朱莉使勁把我推倒，然後就這樣整個人爬到我身上。

雖然只覺得莫名其妙，小朱莉卻面帶笑容，逐漸往我這邊靠過來。

她水嫩閃亮的朱唇……就這樣對準我的嘴唇……

「小朱莉……？」

「呵呵呵……學長。」

我就像是遭到蛇盯上的青蛙，身體動彈不得，只能注視著她，而小朱莉就這樣把我——

「學長～」

「……唔！」

聽到來自遠方的聲音。

當我注意到那聲音時，眼前的小朱莉也逐漸遠去——

「學長～請你醒醒～」

「……啊。」

我睜開眼睛，發現穿著睡衣的小朱莉正在搖晃我的身體。

「啊，早安。」

「……抱歉，我不小心睡著了。」

「呵呵，好像是這樣呢。」

看來雖然時間很短，我還是作了一場夢。

而且還是那種不太好的夢。

「學長？」

「啊……嗚……」

那場夢的內容讓我感到很有罪惡感，無法直視小朱莉。

小朱莉則一臉不可思議地看著這樣的我——

「學長，你累了嗎？」

「咦？呃……是啊，好像是呢。畢竟今天發生了很多事情。」

「那你乾脆別去洗澡，我們直接這樣睡覺吧！」

「什麼……！」

小朱莉沒等我回答，就再次躺到床上。

明明已經在地板上鋪好她平常使用的寢具了！

「等等！小朱莉——」

「有什麼關係嘛。反正……我們是情侶了。」

小朱莉看起來不太開心，但還是怯怯地這麼說。

聽到她說出「情侶」這兩個字，讓我有種體溫迅速上升的錯覺。不對，我的體溫應該是真的上升了。

而且不光是我，只要看到小朱莉紅透的臉蛋，就能知道她也一樣。

「你、你也說幾句話啊……」

「就算妳這樣說，我也不知道該說什麼……」

「有什麼關係嘛！我喜歡學長！學長也說喜歡我，欸嘿嘿……這樣就算兩情相悅了吧！難道不是嗎！」

「是、是啊。確實是這樣沒錯……」

「既然兩情相悅，那我們就算是在交往了吧！」

「就、就是說啊！」

「我們兩個算不算是在交往」這個問題原本一直懸而未決，現在卻被小朱莉使勁全力緊緊抓住，揉成一團丟在地上——呃，這樣比喻好像有點奇怪。

總之她硬是解決了這個問題。

「那我從今天開始就是你的女朋友……女、女朋友……！」

小朱莉的臉蛋完全紅透，彷彿要冒出蒸氣一樣，但腦袋又突然當機，整個人僵住不動。

然後——她的眼眶裡突然流出大量淚水！

「我……我真的可以這麼幸福嗎！」

「妳、妳先冷靜一下吧。」

「可是～！」

雖然我也會感到心急，不知道該如何是好，但光是我們變成男女朋友這件事，就能讓她這麼開心，實在是我的榮幸……也覺得很高興。

而這也讓我覺得她非常可愛。

「我也很幸福喔。」

輕輕抱住哭個不停的小朱莉。

我、我現在可是她的男朋友，這樣安慰她一點都不奇怪……應該吧？嗯。

「學、學長……！」

「我也很開心喔。可以跟妳變成這種關係……不，這樣不對。」

我再次抱住小朱莉，溫柔地撫摸她的頭，同時換了個想法。

「這樣不對？」小朱莉一臉不安地抬頭仰望我。

我對她露出微笑，重新說出自己的心聲。

「宮前朱莉小姐，我非常喜歡妳。請……務必跟我交往。」

我不想順勢與她交往，決定明確地說出自己的愛意。

小朱莉驚訝地睜大雙眼……但她很快就露出太陽般的燦爛笑容，彷彿連我都能感受到那股溫暖。

「……好的！我也最喜歡學長……最喜歡白木求先生！請讓我當你的女朋友！」

她做出這樣的答覆，然後同樣抱住我的身體。

我們就這樣在這個狹小房間的床上互相擁抱，並相視而笑——

頭一次獨自生活，度過了大學時代的第一個夏天。

就在這個夏天，我第一次交到了女朋友。

尾聲　關於既漫長又短暫的「夏天」就此結束這件事

當我打開門，夏天的空氣立刻一口氣灌進屋子裡。

雖然夏天的空氣十分悶熱，卻不會覺得討厭……天空也無比晴朗，讓人感到神清氣爽。

「那我們出發吧。」

「好的！」

聽到我這樣呼喊後，小朱莉在最後對著房間裡面深深地一鞠躬。

房間裡明明就沒有奉祀神明，她實在是太認真了。

「讓你久等了！」

絕大多數的行李都在今天早上用宅配服務寄回去。

小朱莉身上沒有太多東西，只帶著一個肩背包。

她不是穿著來到這裡時的那身制服，而是穿著輕飄飄的粉紅色襯衫與米黃色短褲，雖然方便行動，但也不會太過俗氣，看起來就像是要稍微出去一下。

可是，只要過了今天，小朱莉有一段時間都不會回來這裡。

「沒有忘記什麼東西吧？」

「要是有，我會回來拿的！」

「……不可以故意把東西留在這裡喔。」

「啊，我忘記還有這招了！」

她這句話像是在開玩笑，但口氣聽起來又有些認真。

看樣子她應該沒有故意把東西留在這裡吧。

「走吧，我們還得趕去搭電車呢。」

「啊～至少讓我把這支手機留在這裡啦～！」

「等等！那應該是不能忘記帶走的東西吧！」

而且要是她有東西忘記帶走，我也會用宅配服務幫她寄回去，就跟今天早上那些行李一樣。

要是她每次都特地回來拿東西……儘管我會覺得有點開心，但還是不能讓她那麼辛苦！

「我要鎖門嘍。」

「好～」

我斜眼看著鬧彆扭的小朱莉，確實鎖上了房間的門。

然後，順勢牽起小朱莉的手——

「啊……抱歉，這樣很熱吧。」

雖然沒想太多就握住她的手，不過在這種逼近四十度的熱氣之下，我覺得牽手好像不是很好，就立刻準備放手……但小朱莉主動握住了我的手。

「很熱喔。真的很熱呢。」

因為她笑得很開心，所以我也只能接受了。

「我暫時沒辦法在這裡散步了呢。」

當我們走在從我家通往車站的路上時，小朱莉突然小聲說出這句話。

「是啊。如果用妳入學的時間來算……應該還要半年多吧。」

「嗚……不過我還有寒假——」

「不可以。到時候妳馬上就要考試了。」

「可是～」

即便小朱莉的成績優秀，幾乎確定可以考上政央學院大學，我還是不能讓她連寒假都在這裡度過。

畢竟還是可能會有意外。要是在最後關頭掉以輕心，也可能害她這一年的努力全部白費。

「我每天都會傳訊息給你！偶爾也會打電話！」

「還以為妳會說要每天打電話過來。」

「我才不是那種管很嚴的女生呢。」

小朱莉得意地挺起胸膛。

「……說是這麼說啦，但我可能還是會想打電話給你吧。」

「真的有那麼多事，可以讓我們每天通電話嗎？」

「學長，只有沒人緣的人才會說出那種話喔！因為沒人規定一定要有事情才能通電話！」

「抱、抱歉！」

「不過你愈是沒人緣……欸嘿嘿，我就愈能獨占你，所以我一點都不在乎喔。」

小朱莉開心地抱住我的手臂，讓我覺得隨便道歉的自己很蠢。

而且……還覺得很熱。不是因為這種酷暑，而是因為腦海中閃過希望她不要趕上電車這樣的念頭。

「啊，對了，我已經幫你把今天的晚餐裝進保鮮盒，放到冰箱裡面了。」

「咦，妳什麼時候做這件事的？」

「我是趁著做早餐的時候，順便偷偷做好的。雖然都是些簡單的料理……但如果不多加注意，學長應該很快就會恢復那種天天吃超商便當的生活吧。」

「這我倒是無法否認……」

「這樣不行喔。當然了，我沒有叫你絕對不能吃那種東西，不過還是要避免營養不均衡的問題。」

這段期間每天都吃小朱莉親手做的料理，總覺得身體狀況似乎也變好了。

就算我想開始自己下廚——現在應該也不可能堅持下去吧。

畢竟胃口已經被養大了。

「……我會努力的。」

結果完全想不到解決之道，只能說出這句話。

小朱莉似乎察覺到我的想法，忍不住露出苦笑。

看來就算我們每天通電話，應該也不用擔心找不到話題……

「呃……還有就是……」

「我好像馬上就感受到妳有多麼重要了。」

「呵呵，那還用說嗎？我敢說自己現在比你還要熟悉你家喔。」

小朱莉挺起胸膛，看起來真的非常可靠。

而我則是超級沒出息……

「半年只要一轉眼就會過去。我會輕鬆通過大學考試……重新回到這裡找你。」

「……嗯。」

「而且只要到了春天……我們就是情侶了。」

小朱莉露出有些害羞，但又滿懷期待的眼神看過來。

假如小朱莉搬來這邊住，而且我們兩人又是情侶的話，到時候她也可能……………不是跟實璃同居。

「到、到時候妳就得搬來這邊住了。雖然這個夏天讓妳暫時住在我家，但如果我們要正式同居……就得事先找好能讓兩個人同居的房子吧。」

「就是說啊……欸嘿嘿。」

總覺得有點尷尬……應該是難為情才對。

「不過這樣我就必須先跟父母提起你的事情。」

「嗚……我想也是。」

「可是你放心！他們兩個都說你是個好孩子喔！」

我在高中時代去過小朱莉……應該說昴的家好幾次。

儘管當時已經見過她的父母，但他們看待「昴的朋友」與「小朱莉的男朋友」的角度，也會截然不同吧。

看來……不管春天以後會如何發展，我還是找個機會先去打聲招呼會比較好吧。

想到未來的事情，就覺得心情沉重。

可是，比起昨天……那種捨不得與她分開的心情，這種心情要來得幸福多了。

因為我們得到了「未來」。

「……車站已經到了呢。討厭！我明明還有很多話想說！」

「只要有Line跟電話，不管我們要說多少話都行。」

「嗚…………你說得對！而且俗話說得好，情侶無法見面的時間，可以讓愛變得更堅定！」

「啊哈哈……」

這女孩總是能輕易說出那種讓人害羞的話呢。

也許只是我反應過度了吧。總覺得有點不好意思。

「對了，我們要不要去便利商店買點東西？」

「這個嘛……不，不用了。要是做了那種拖時間的事情，可能會讓我變得捨不得離開你……不對，現在就已經很捨不得了。」

「這樣啊……說得也是。」

我們還有未來。

可是，眼前的離別也是無法避免的未來。

如果我們倆沒有開始交往，不知道這次的離別又會讓我做何感想？

雖然已經無法得知答案……但還是覺得很寂寞。

寂寞到只要一個不留意，我好像就會緊緊抱住她，央求她不要離開這裡。

「學長。」

小朱莉放開我的手。

剪票口就在眼前。

只有小朱莉會走過剪票口。我將會在這裡目送她離開。

「……原本還以為自己會哭出來。」

「咦……？」

「因為我覺得非常寂寞，想繼續跟你在一起……但現在已經不會難過了。」

她對我微微一笑，然後一步一步……離我遠去。

「因為我現在就是這麼幸福！嘴角還會忍不住上揚！這麼一來……我才能以笑容告別。」

小朱莉背對著我，輕輕感應自動剪票機……就這樣走到另一邊。

夏天結束了。

因為當五百圓負債的抵押品這個莫名其妙的理由，小朱莉與我的夏天才會開始，但也只到今天為止。

「學長，再見了。」

在一瞬間偷偷擦拭眼角後……小朱莉轉過身來。

她臉上掛著笑容。

就與我們初次見面的時候一樣……那笑容就跟太陽一樣燦爛。

「小朱莉，再見了。」

聽到我這麼說，小朱莉笑著點點頭，就這樣往前邁出腳步。

她連一次都沒有回頭，而且努力挺直背脊。
我一直注視著她的背影，直到完全看不見為止。

夏天結束了。
這個既充實又開心的夏天，一轉眼就過去了。
可是……就算夏天結束，下一個季節也還是會到來。
我還不曉得那會是個什麼樣的季節。
不過現在就已經開始感到興奮了。
甚至有種忍不住想奔跑的衝動。

「喂，昴？」
放在口袋裡的手機發出震動，我看了一眼螢幕上顯示的名字，同時按下通話鈕。
「啊……你問我人在哪裡？當然是車站前面啊。你應該也知道吧？」
對方是我的摯友……也是我女朋友的哥哥。
他說想要立刻跟我見面。
「嗯，沒問題。那我就…………對了，我會在書店等你。沒錯，就是那間。那我們晚點見吧。」

不曉得他知道多少事情。

說不定他會怪我對他妹妹出手，還會動手揍我。

也可能會擺出一副高高在上的樣子，要我以後改口叫他大哥。

「不管怎麼樣，我都躲不過這關吧。」

時間不會停止，只會繼續前進。根本沒時間停下腳步。

走進書店之後，我先走到夏季書籍專區，拿起了《金魚的飼養法》這本書。

後記

首先，感謝您拿起這本《借給朋友500圓，他竟然拿妹妹來抵債，我到底該如何是好3》。我是作者としぞう。

那麼，這部作品終於來到第三集，求和朱莉的夏天也進入佳境。總算成功達成了這件事！

最近的輕小說業界可說是群雄爭霸，連要確定繼續推出下一集，都不是一件容易的事。

在這種大環境下，這部作品（以下簡稱為《500圓抵債》）推進故事的速度，卻跟牛步一樣緩慢，到了第三集才告一段落，讓故事裡的時間推進了一個月。

這部作品當然也可能只出一集，但責編大人還是決定尊重本作的調性，讓角色的情感可以慢慢堆疊，對此實在萬分感激。

於是我好不容易終於寫到這一集，也讓求與朱莉之間的關係有了一個結果。

儘管從一開始就決定要讓他們變成這種關係，卻沒想過自己真的有機會寫出來，還在寫第一集的時候，其實根本無法想像（笑）。等等，我笑什麼啊！

總之，可以寫到這一集，都是多虧了願意支持這部作品的各位讀者。真的非常感謝你們！

雖然這已經是慣例，還是得藉這個機會向各位相關人士致謝。

首先要感謝在第三集也負責繪製插畫的雪子老師。您這次也完成了出色的插圖，實在不勝感激！

尤其是這次的稿期不同於以往，需要麻煩雪子老師在初稿完成之前就動手繪製封面與彩頁插畫，這讓我只能大致說明需要繪製什麼樣的插畫，但您真的完成了非常出色，總結了夏天精華的美麗插畫！

封面也剛好是第一集在早上，第二集在中午，第三集在晚上，感覺實在是華麗到不行！

此外，還要感謝負責繪製改編漫畫的金子こがね老師。您把每一話的故事都畫得很有趣，每次更新都讓我感動萬分。

尤其是朱莉變得比原作還要搞笑……讓我燃起了自己也不能認輸的鬥志（笑）。

真的非常感謝老師！

請各位讀者也務必看看這部改編漫畫！

改編漫畫第一集已上市，而且也能在電擊COMIC REGULUS、ComicWalker與niconico漫畫這些網站上看到喔！！

當然還要感謝讓我一直寫到這一集的Fami通文庫編輯部！

感謝各位讓我隨心所欲地寫出自己想寫的故事……雖然無意堅持自己的想法，但還是非常感謝各位容許我的任性。

各位不但容許我的任性，還特地幫這部作品做了ＰＶ，真的非常開心！我就是說那部有聲優幫忙配音的ＰＶ！！不過，我對哪位聲優適合幫哪個角色配音這種事，可說是毫無概念呢（爆笑）！！

……最後，既然已經寫到這種不該搬到檯面上的事情，就代表這篇後記也差不多該結束了。

我發現自己寫得愈多，就變得愈喜歡《５００圓抵債》的世界與這些人物。

雖然從第一集開始的故事已經告一段落，但如果還能繼續寫下去，我想寫出更歡樂也更有趣的故事，希望大家都能繼續支持！

我會拚了命地盯著Twitter、書評網站、個人部落格與各家網路書店的商品評論，希望大家都能多多發表意見（笑）。

那我們就下次再見吧！

今後也請大家多多指教！！

小朱莉
太好了呢！
這是在第三集
沒機會出場的水手服。

小惡魔學妹纏上了被女友劈腿的我 1~7 待續

Kadokawa Fantastic Novels

作者：御宮ゆう　插畫：えーる

禮奈留下了一句「不要客氣喔」——
真由與彩華即將拉近與悠太的距離！

經歷過與禮奈的夏日夜晚之後，悠太為了自身的成長，努力準備求職並且專注在學業上。但也因為太過忙碌，抽不出時間跟時常跑來家裡的真由，以及上了大學經常一起行動的彩華見面——就在這時，她們碰巧在悠太家相遇，真由於是對彩華提議要一決勝負！

各 **NT$220~260/HK$73~87**

不時輕聲地以俄語遮羞的鄰座艾莉同學 1~4.5 待續

Kadokawa Fantastic Novels

作者：燦燦SUN　插畫：ももこ

政近中了有希的催眠術而成為溺愛系型男？
描寫學生會成員夏季插曲的外傳短篇集登場！

艾莉進行超辣修行而前往拉麵店，遇到一名意外人物？想讓艾莉穿上可愛的泳裝！解放慾望的瑪夏害得艾莉成為換裝娃娃？又強又美麗的姊姊大人茅咲，與會長統也墜入情網的過程——充滿夏季風情的外傳短篇集繽紛登場！

各 **NT$200~260/HK$67~87**

其實是繼妹。
～總覺得剛來的繼弟很黏我～ 1~2 待續

Kadokawa Fantastic Novels

作者：白井ムク　插畫：千種みのり

「老哥，你陪我練習……接吻吧？」
刺激的請求，開啟了全新的混亂局面！

晶的個性隨性，是個可愛過頭的弟……是像弟弟一樣的繼妹。自從她向我表明心意後，和我相處的距離還是老樣子。不對，我們之間的距離反而縮短，每天都過著心頭小鹿亂撞的兄妹生活！這是我和晶以一對兄妹、一對男女的身分，又成長了一點點的第二集！

各 **NT$260/HK$87**

國家圖書館出版品預行編目資料

借給朋友500圓,他竟然拿妹妹來抵債,我到底該如何是好/としぞう作；廖文斌譯. -- 初版. -- 臺北市：臺灣角川股份有限公司, 2023.09-
冊；　公分. -- (Kadokawa fantastic novels)
譯自：友人に500円貸したら借金のカタに妹をよこしてきたのだけれど、俺は一体どうすればいいんだろう
ISBN 978-626-352-905-2(第3冊：平裝)

861.57　　　112011246

Kadokawa
Fantastic
Novels

借給朋友500圓，他竟然拿妹妹來抵債，我到底該如何是好 3

（原著名：友人に500円貸したら借金のカタに妹をよこしてきたのだけれど、
俺は一体どうすればいいんだろう 3）

2023年9月6日 初版第1刷發行

作者：としぞう
插畫：雪子
譯者：廖文斌

發行人：岩崎剛人
總編輯：蔡佩芬
編輯：楊芫青
美術設計：宋芳茹
印務：李明修（主任）、張加恩（主任）、張凱棋

發行所：台灣角川股份有限公司
地址：104台北市中山區松江路223號3樓
電話：（02）2515-3000
傳真：（02）2515-0033
網址：www.kadokawa.com.tw
劃撥帳戶：台灣角川股份有限公司
劃撥帳號：19487412
法律顧問：有澤法律事務所
製版：巨茂科技印刷有限公司
ISBN：978-626-352-905-2